—————— 阅读之前 没有真相

午夜文库

代号D机关
第三部 *Paradise Lost*

（日）柳广司 著
夏木 译

新星出版社 NEW STAR PRESS

目录

1 | 误算
43 | 失乐园
81 | 追踪
125 | 代号"刻耳柏洛斯"

误算

1

岛野亮佑。

来自日本的留学生。

入境章的时间是一九三九年六月十五日。

墨迹已经洇开来,看不太清楚,不过入境地点应该是马赛——

凝视着自己的护照,岛野困惑了。

这也就意味着,他已经在法国待了一年多。可是……

什么都想不起来。

姓名,身份,经历,全部不记得。要说,甚至连贴在护照上的这张相片,都不觉得是自己的脸。

(不对……我……其实……)

尖锐的刺痛蓦然袭向脑袋一侧,岛野不由自主地伸手去捂头。指尖触到了紧紧包裹着好几层的绷带。

"用不着勉强去回忆啊。看来,多半是因为头部遭到重击而引起的暂时性记忆障碍。常有的事,等过一段时间,自然就会想起来的。"

岛野因为痛楚而蹙着眉，视线转向说话的人。

让人心生好感的温和微笑，亲切的茶褐色眼睛——那是个身材纤细的高个子男人，四肢修长。

阿兰·莱尼埃。

他刚才这么自我介绍来着。

房间里另外还有两个人。

体格健壮的男人是约翰·维克道尔，四四方方的脸上表情生硬，不过细一打量，唇角却透着随意。

剩下一人是玛丽·托莱斯，这个房间里唯一的女性。她长着很多雀斑，脸上好像没化妆，小麦色的长发随意地盘在头上，装束得像个男人一样。不过若是认真打扮起来，想必足以称得上是美人吧。

三人都是二十五六岁的样子，和护照上记载的岛野差不多同龄。

"嘿，我说，你就真的、完全、一点都不记得了吗？"

站在窗边的约翰满脸写着惊诧。"不记得你冒冒失失去反抗德国兵？也不记得我们费了老大劲才把你救出来？"

反抗德国兵？

德国兵？

什么情况？

岛野皱紧了眉头。

仍然昏昏沉沉的脑袋里努力集中着意识。

浓雾的深处，好像有着什么在隐约地蠢蠢欲动。

这么说起来——已经冲到了喉咙口的这句话，被岛野急急忙忙地咽了回去。

——不得向对方泄露信息。

脑海中，一个男人的声音响起。

——绝不要自己开口。要尽可能地让对方进行解释。

（是什么？）

岛野眯起眼，凝神于脑内的声音。那声音来自于极其幽暗的地方。说话人的面孔只是一个黑影，看不见模样。不，并非如此。不是这样的。那是——

"怎么了？想起什么了吗？"约翰窥视着岛野的神情，问道。

"不行。什么都想不起来。"岛野抬起脸来，摇头，"告诉我，发生什么事了？我做了什么？反抗德国兵？可这里是法国吧？为什么会有德国兵？到底怎么回事？"

连珠炮式的发问使得三个法国人对视了一眼。

"真羡慕你啊。"阿兰的唇角浮起一个自嘲的笑容，说道，"如果可能的话，我也想要忘记呢。忘记眼前的现实——忘记我的祖国法兰西，如今已经被纳粹德国占领。"

2

一九四〇年六月二十二日。

法国在德军面前没有半分挣扎地投降了。

上一年的九月，针对入侵波兰的德国，法国同英国一起发出了战争宣言。那之后，经过长达八个月的"奇怪战争"——两国士兵在彼此看得到对方面孔的距离上对峙，战斗却基本不曾打响过——五月，德军发动了突如其来的进攻，对此，法军从一开始就陷入了无法应对的局面。

被法国人自称为生命线的、历时十年耗费巨资堪堪打造完成的"马其诺防线"，只在一个瞬间，就被德军最精锐的装甲部队突破。

身为上一次世界大战的战胜国,曾经自负为"世界最强"的法国陆军的幻想遭到了毫无悬念的碾压,碎成齑粉。

一个月后,六月十四日,德军已然兵不血刃地占领巴黎。

根据二十二日签订的《德法停战协议》,法国的国土被分成占领区、合并区、自由区三个部分。

巴黎被置于德军的占领之下。

在德国军人昂首阔步的街头上,巴黎的市民们延续着日常的生活状态。

不,公平地说,战争时期的社会混乱与物资匮乏状态,在德军占领之后,反而可谓是得到了改善。进驻巴黎的德国军人的举动与巴黎人的预想正相反,他们彬彬有礼,态度友好,并且规矩周到。

大多数的巴黎市民对于"毫无意义的战争"得以早日终结而松了口气。

就在这样的状态下,巴黎郊外,布洛涅森林的尽头,发生了一件事。

事件的起因是一位老妇对着占领了自家住宅的一支德军小队挥舞起拳头,怒骂道:"从我家里滚出去!德国佬!"

自从签下了投降书,法国国内不要说公共建筑,就连普通民宅也有许多被德国驻军接管用来做了宿舍。对于这类的接管任务,德军也有严令,不许对法国公民实施粗暴行为,至少表面上,要遵循双方友好和睦的协作伙伴关系准则来办事。

事实上,在德军和巴黎市民之间,还没有发生过什么可以算得上是麻烦的纠纷,直到那一天,那一刻。

——德国佬!

——乡巴佬!

——泥腿子！

　　老妇站在院子里，挥动着拳头，满是皱纹的脸涨得通红，咒骂不休。肆意大骂了一通之后，又捡起地上的石头开始丢，看样子是想要砸碎被占领的自己家的窗玻璃。她丢出去的石头连窗户都没飞到就落地了，这一状况使得她再次愤怒起来，又开始放声大骂。

　　本来，直到这个时候，征用了民居的德国兵都还只是笑嘻嘻地瞧着。头脑不清楚的老太婆在院子里嚷嚷。一点点的余兴节目。本来应该就只是这么想的。

　　可是接下去，德国士兵的脸色变了。因为老妇人的破口大骂很快变成了另外的内容。

　　——狗屎纳粹！

　　——变态法西斯！

　　——希特勒这家伙应该下地狱！！

　　德国兵从房子里飞奔出来，抓住老妇人，然后进行了讯问。通过翻译，老妇人又把德国兵们大骂一通。德国佬、乡巴佬、泥腿子、狗屎纳粹、变态法西斯、希特勒这种人应该下地狱。

　　德国士兵们困惑了。老妇人应该只是把不知从哪里听来的话重复地吼出来而已，恐怕她连其中的意思都不明白。可是，反纳粹的发言，再加上对元首的公然蔑视，这种话都说了出来，不可能再对她放任不管。

　　老妇人被强行拖到门外，绑在一棵树上。德军威胁说，如果不收回反纳粹的发言并且对元首的无理谩骂表示谢罪，就要枪毙她，以儆效尤。很显然，这绝不仅仅是个威胁。

　　老妇人何止不谢罪，反而继续破口大骂了。

　　"德国佬！乡巴佬！泥腿子！狗屎纳粹！变态法西斯！希特勒要

下地狱!"

围观的人越聚越多了,但都害怕受到牵连,他们只是远远地观望着。

就算事情闹得更大,那也没办法了。

小队长做出了这样的判断,缩着肩,不情不愿地正要下令开枪的当口,人群中走出来一名男子。矮小的身材,像是个东方人。他看也不看四周,直接朝老妇走去,然后转眼之间就解开了绑住老妇的绳索。

围观的人们先是集体目瞪口呆,随即,很快地,人群中响起了掌声和口哨。与此同时,东方人当场被德国士兵包围起来,他和小队长之间语气激烈地交锋了三两句,然后就被体格健壮的德国士兵们从两边抓住胳膊控制起来,准备带去别的地方。

"总之,那个人就是你啦。"

阿兰的嘴角浮起一个满是调皮意味的笑容,冲着岛野挤了挤眼。"我们当然不能对这种事坐视不理,你可是救了一位法国老太太的命呢,是英雄。这次该轮到我们拿出勇气了。为了把你抢回来,我们冲上去推开德国兵,抓住你的手打算逃走,不过……"

他轻轻地耸了耸肩,中断话语,随即立刻又接了下去:"为了阻止我们的行动,有个德国兵挥起半自动步枪,然后枪托正好狠狠地砸到了你脑袋边上……害你受伤实在是过意不去,不过呢,唔,就把这事儿当成是不幸的意外,原谅我们吧。"

也就是说,是他们三个把受到殴打而失去意识的岛野搬到了这个房间,给他治了伤,进行了护理。原来如此,多亏了他们,才得以避免被德国兵带走啊……

——多管闲事。

脑海中瞬间涌上这么个念头。可是为什么会有这样的想法呢,他自己也不是很明白。

"怎么了?"约翰询问,试图窥探低垂着头的岛野脸上的神情,"怎么感觉你的表情有点困扰啊。"

"没那回事。"岛野耸一耸肩,"总之,多谢你们救了我。"

他抬起头,露出一个微笑。

"嘿,我说你,真的是日本人吗?"

玛丽有些困惑地歪着脑袋,向岛野发问。她有着大大的眼睛,长长的睫毛,果然是位美女。那双绿色的眼眸一眨不眨地盯着岛野。

"唔——我自己也想不起来啊,不过既然带着这本护照,多半应该就是日本人吧?"

岛野苦笑着,提出反问:"可是,为什么你会这么问?"

"这个嘛……"

"玛丽觉得很不可思议啊,你明明是日本人,却能熟练使用好多种欧洲语言。"阿兰哧哧地笑着,从旁插话。

"好多种欧洲语言?"

"你现在所说的法语,是巴黎口音的。和德国军官说话的时候,用的是德语。可是,在昏迷过程中,你又用了俄罗斯语说胡话。大概还有匈牙利语之类。根据我们听到的消息,德军占领之后,大概还有百十来个日本人留在了巴黎,可是在我们认识的日本人当中,很多根本就不会说这里的当地话。"

意识到状况的瞬间,岛野条件反射地皱了脸。虽然并不清楚原因,不过总觉得,自己好像犯下了意想不到的错误。

"还不止这些呢。"玛丽嘟起唇说道,随即从桌上拿起一副宽大的玳瑁框眼镜,架在自己脸上,"岛野,你之前戴的这副眼镜,完全没有**度数**哦。为什么你要戴这种东西?还有,你嘴巴里之前还塞了一点点棉花。照顾你的时候,因为觉得碍事所以就把眼镜和棉花都取掉了,结果你整张脸给人的印象立刻全变了,吓我一大跳。说起来啊……"

望着岛野,玛丽的脸颊微微泛红,继续说道:"你不戴眼镜的时候,看上去挺英俊的。嘴里不塞棉花也是啊。"

"其实,我也觉得挺不可思议。"不知怎么,约翰有点慌张似的开口说道,"他是被我架在肩膀上带来这里的,半路上,爬完一段台阶的时候,岛野嘟囔了一个数字,三十二。刚才我去外面观察情况,顺便也就数了一下,那正好是台阶数来着……呵呵,昏迷的时候还数着台阶,竟然有这么奇怪的习惯啊。"

岛野咕嘟吞了一口唾沫。

怀着不祥的预感,他嘶哑着嗓音问道:"我还说了其他什么事情吗?后来又说了什么?"

"后来?搞不清楚啊。啊,等下,九十比八比二?一直就在嘟囔这几个数字来着。那到底是什么数字?"

岛野百思不得其解。那数字究竟意味着什么,连他自己也完全不知其意。

"这么说起来,"接下去开口的是阿兰,他好像忽然想起了什么,"你在这个房间里醒来的时候,最开始,还迷迷糊糊的样子,念叨着'为了亲爱的友人,为了祖国,我不惧怕死亡'。没错,你睡的这张床背后的墙壁上就刻着这句话,是贺雷修斯说的。可是,那个时候你应该是看不见的。你根本没有回头就读出了背后的文字,我当时觉得好奇怪啊……现在我发现了,你那时候,是看着这边墙上挂着的镜子——也就是说,你读的是镜子里照出来的左右颠倒的拉丁文。为什么你能做到这种事呢?"

阿兰打住了话头,疑惑地歪着脑袋,直直地盯着岛野的脸,发问:

"你到底是什么人?"

3

感觉到身体条件反射地绷紧了。

——你到底是什么人?

听到问题的刹那间,脊背上窜过一阵电流般的冲击。那是一种野生动物感觉到大限将至的本能的恐惧。是天敌从身后悄无声息潜近的感觉。当你意识到的时候,就已经完蛋了——就是这样的一种感觉。

这种感觉究竟是如何产生的,岛野完全无法理解。

三人探寻般的视线越发啮穿了他的肌肤,将要碾碎他的骨骼……

尖锐的痛楚之下,瞬间失去了知觉。

意识被拖曳进了某个幽暗的场所。

黑暗的深处,两只没有光泽的阴沉的眼睛一动不动地盯着岛野。

——闯过去。

脑海里,一个声音在耳边响起,那是冷然拒斥般的低沉的声音。

"……岛野?怎么了,没事吧?"

抬起头来,撞上了阿兰像是很担心的眼神。

眼睛有了焦点,岛野轻耸肩头,露出一个微笑:"抱歉,我是什么人吗?我自己都不知道呢。对了,'我思故我在'。那么看起来,好像就只能确定一件事了——我是存在着的。"

听到这多少带有几分玩笑意味的回答，三人脸上浮起了轻松的笑意。

"原来是哲学系的留学生啊？这么说，跟我一样了。"

阿兰笑眯眯地说道。

"以前在大学里听过关于日本思想的课。'所谓武士道，就是寻觅死亡。'人生的终极目标是死。真是非常深奥的话啊。可是说起来，我完全理解不了那是什么意思。"

"你说人生的目的就是死？令人无法相信。所以他才会面对德国兵做出那么乱来的事情吗？"玛丽摇着头，愕然不已地嘀咕。

"不管你是什么人，"阿兰说道，"都确实存在着，并且很有意思。其他的事情就慢慢再回忆吧。时间多得是。"

"……不，阿兰，很遗憾，看来这种优哉游哉的话也说不得了。"

站在窗边的约翰从窗帘缝隙里朝外张望着说道："德国兵来了。"

诸人走近面朝大街的窗户，从厚厚窗帘的缝隙里窥视着外面的动静。

暮色之中，好多辆已经亮起了车头灯的德国军车停在大马路上。引擎还开着，身穿军装的持枪士兵纷纷从车台上跳下来。

德军分成好几个小队，从马路的一头开始逐户敲开沿街居民的家门。

门一打开，德国兵就不由分说冲进屋里。不一会儿，屋子里的人们都双手放在脑袋后面挨个儿被赶到了马路上。

老人，女性，连小孩子也都一样，所有人都是一样的待遇。

很明显，德国士兵是在这条街上寻找"什么东西"或者"什么人"。比如，在占领区与德军进行对抗的反叛者。

"可是……为什么……为什么他们会找到这里……怎么会这么快……"

玛丽面色苍白，喘息般地低语。

"……也许是我们被跟踪了吧。"

约翰的目光仍然从窗帘间注视着外面，低声回答："所以我之前就反对把这家伙带到这里来。"

"我们已经很小心留意尾巴了。应该不可能被跟踪的。"阿兰反驳他，语气像是生气了。

"哼，那么就是镇上有人告密了。"

约翰语气生硬地说。阿兰和玛丽同时提高了声音：

"约翰！"

"你胡说什么！"

然而，下一个瞬间，三人大吃一惊地对望一眼，同时回过头去："等等，岛野！你去哪里！"

岛野独自离开了窗边，穿过房间，朝向通往室外的房门走去。"我自己出去吧，"他停下脚步，扭头回答道，"他们是来抓我的吧？我不想牵连老人和小孩。那么要让他们达成目的的话，就只有我自己走出去了。"

"你知不知道自己在说什么！"

玛丽瞪大了眼睛说道，一脸的不敢置信。"对方可是纳粹啊，被抓的话，根本就不知道会是什么下场。严刑拷打，然后枪毙。或者会被送去集中营。就算是日本人信仰死亡哲学……"

——死是最糟糕的选择。

脑海里，再次响起声音。

——活下去。只要心脏还在跳，就一定要活着回来。

"我没打算死啊。"岛野瞬间蹙起了眉,挥去脑中的声音,说道,"只不过是个不明真相的日本留学生,因为看不下去老人家受苦,一时冲动做了傻事而已。说到底是因为在日本,一直都被教育要无条件地尊重年长者嘛。这样解释的话,总应该可以过关吧。"

"可是……"

玛丽好像想说什么的样子,视线偷偷地转向阿兰。

岛野耸耸肩,朝着门把手伸出手去,就在这个瞬间,阿兰声音沉静地叫住了他:"不是的,岛野。不是那样的。他们不是来抓你的。现在让你走出去的话,麻烦的其实是我们。"

"不是为了抓我?你们会有麻烦?"

岛野回过头,皱着眉头问道:"到底是怎么回事?"

阿兰朝向岛野走去,纤细的上身摇晃着。

"不行!阿兰,不可以!"约翰从窗边发出尖锐的声音,"岛野是日本人啊!想想日本军队在中国做的那些事吧!他们和纳粹是一样的!"

"岛野和日本军队无关。再说,现在法国和日本也不是战争状态?"

阿兰回答完约翰,又转向玛丽问道:"玛丽,你怎么想?岛野拯救了我们的同胞,一位法国老太太的生命,我们可以把事情告诉他吧?"

"我赞成阿兰的意见。"玛丽的大眼睛静静地注视着阿兰,点头。

"这样就二比一了。"

"喊,你们总是这样。随便啦!"

约翰颇为不快地嘟囔,用力地喷着舌,把头扭向一边。

阿兰再次直面岛野。

温和的茶褐色眼眸中浮现出坚定的光芒。

他压低了声音,然而,语调明确地说道:

"我们是抵抗运动者。"

4

Resistance。

法语中表示"抵抗"的词语。也就是说——

岛野眯起了眼睛,轮番打量着屋子里三个人的脸,然后慎重地开口:"你们是,抵抗德军占领的秘密组织的成员……是这样吗?"

阿兰代表三人点了点头:"就算政府在向德国投降的文件上盖了章,也不意味着全法国的人民都投降于德国。'精神层面的绝对自由'是近代市民社会的原则。就算是政府,也干涉不到市民的精神世界。"

"可是,'行为'却会成为管束监督的对象?"

"没错。"阿兰一脸无奈地说,"根据两国政府的停战协议,所有法国人都不许采取针对德国的任何反抗行为。包括示威、罢工、怠工在内,所有抵抗运动都被严厉取缔,万一被认定是反抗行为,就会被判处死刑或者送去德国的集中营。"

他停下话头,耸了耸肩。"当然了,此时此刻,我不可能在这里把所有情况都向你说明,只是,希望你至少能够理解,我们现在正处于非常危险的境地。"

如果被捕会受到拷打。枪毙。或者送到集中营。

刚才玛丽说了那样的话,只不过那说的是他们自己。窗户上挂着双层厚度的窗帘,是为了不让房间里的灯光透到外面吧。也就是说,这间屋子是抵抗运动的秘密据点。然而——

留心倾听着大街上的动静，岛野皱起了眉。

与刚才相比，沿街盘查的德国兵的声音正确确实实地逐步靠近着。

这间屋子的房门被敲响也是迟早的事情吧。就算想假装家里没人，对方可是严谨细致的德国士兵。关着门就能万事大吉这种事，怎么想都是不可能的。

"喂，我们到底在磨蹭什么？"

玛丽有些焦躁地开口："事已至此，不如趁着他们还没来赶紧从后门逃走吧。"

"说得也是啊。"阿兰苦笑道，"总而言之，岛野，很抱歉我们就此告辞了。不想再让你受更多牵连。也许你留在这里反而更……"

"不行。"岛野说，"大街上看见的军车数量和下面在行动的士兵人数对不上。剩下应该还有四……不对，五个人。他们肯定是负责监视后门了。这是圈套。街上那么大动静是**故意**的。他们真正的目标，是从后门悄悄跑出去的人。要是现在从后门逃跑，就等于自己跳进了张开的虎口。"

——为什么会知道这种事情呢？

岛野进行着解释，自己也无法理解。

"圈套……"玛丽瞪大了眼睛，脸色惨白，歇斯底里地叫起来，"那要怎么办啊！"

"会闯过去的。"

岛野若无其事地耸了耸肩。

"这里有什么？"

再次环视房间里的情形。

架上有一台收音机，一套修理工具。墙边是两根钓鱼竿，用线捆扎着立在那里。桌子上摆着好几只法国造的火柴盒，花纹艳丽。英文报纸。再有就是一束皱巴巴的包装纸。然后是——

"枪呢？"岛野简短地询问，"抵抗运动，你们刚才是这么说的。枪在哪里？或者其他的武器？"

对于岛野的问题，三人对视了一眼："我们并不是以武装斗争为目标的。所以……"

"有武器吗？还是没有？"

"只有一把手枪。"阿兰不情不愿地回答，"约翰通过秘密渠道，费了很大劲才搞到的。目前各处秘密据点都有一把手枪。但是……"

"好像出了故障，扳机卡住了……"

"让我看看！"

听到岛野的指示，玛丽弹簧一般地行动起来。

她从书架上抽出一本书。拉伯雷的《巨人传》。翻开封面，里面显出一把手枪。看来他们是在书页中剜出了一块藏枪的地方。

从玛丽手中接过枪，岛野迅速地进行着检查。

法国造小型手枪，通称"ル　フランセ[①]"。

一九一四年型，是上一次欧洲战争时的家伙。

六点三五口径，双击式的扳机。

退出子弹，扣动扳机。

原来是这样，看来是手枪内部被什么东西给卡住了。

岛野从架子上取下收音机的修理工具，开始拆解手枪。手上一边拆着，一边询问旁边瞪圆了眼睛看着自己的三人："还有其他什么

---

① Le français，意为"法语"。

可以用作武器的？"

"没了，可以称之为武器的东西什么都……"

"剩下的，就只有食物之类的了……"玛丽含有几分歉疚地说道，"'一旦打起仗来，白色东西什么都得存哟'。巴黎市民从前开始就是这么说的。面粉、盐、砂糖，还有……"

"……风箱呢？"

"啊？"

"**有风箱吗？**"

"厨房角落里，倒是有个老式的脚踏风箱……"

"拿过来！"

玛丽当即跳起来，立刻冲进厨房里去。

拆开了手枪，岛野的手瞬间一顿，好像吃了一惊的样子。有些违和感。安全起见，又重新确认一遍。没错。可是，到底为什么要这么做……

岛野眯起了眼睛，迅速地把枪组装起来，然后抬起头，说道："约翰，这把枪是你搞来的，对吧？那么，还是你拿着吧。这样子应该可以用了，拿的时候小心点儿。"

他把枪和子弹递过去，接着语速飞快地继续指示："阿兰，拜托你把这间屋子的房门缝隙糊起来。然后约翰，你把台灯灯泡拿掉，再用锉刀把玻璃的部分取下来。完了之后再告诉你们下一步怎么做。"

"门的缝隙糊起来？"

"要取下灯泡的玻璃？"

两个法国人面面相觑，眨巴着眼睛低语："岛野，你究竟是……"

"详细的解释之后再说。"岛野扬了扬下巴，提醒二人注意德国兵正一步步逼近，"没时间了，赶快！"

5

猛烈的敲门声传入耳中。

"开门!马上!"

发现房中没有回应,门那边德国兵的叫喊声更大了,

"蠢货!假装不在家也没用!"

"知道你们在里面。快开门!"

"不然的话就强行破门啦!"

停顿了一瞬,随即门板发出明显不同于此前的可怕的撞击声。

感觉是体格健壮的德国兵在用肩膀撞门或者是用结实的军靴踹门。

两下,三下……

门扉发出咯吱的响声。

四下。

撞到第五下,门上的锁飞掉了。

大门洞开,好几个德国兵一起冲进了屋子。

"这什么啊?"

隔了一堵墙,屏息躲在储物间里的岛野听得到德国兵们困惑的声音。似乎有好几个人开始了剧烈的咳嗽。

"妈的,黑漆漆的什么都看不见!谁把灯开一下……"

男人的声音,像是队长。下一瞬间——

猛烈的爆炸声轰然响起,压倒了一切,墙壁都嘎啦嘎啦颤抖起来。

此时此刻!

岛野迅速地打开门,把几个年轻的法国人从藏身其中的逼仄的储物间里推出去。

跌跌撞撞离开了储物间，三人立刻吓了一跳地停住脚步。

之前的房间已经彻底变了模样。

在爆炸的冲击下，桌子翻了个个儿，白色的烟蒙蒙地升腾着。透过白烟，看得见几个德国兵呻吟着倒卧在角落里……

敞开着的大门外面一阵骚动。

"到底……"

三人茫然地面面相觑，岛野从身后追了上来："干什么呢！去后门，快！"

一行人不停地向前奔跑，直到再也听不见身后的叫嚷声。

穿过狭窄的小巷，横穿过大马路，再飞奔进背街的巷子，穿行在两侧耸立着高墙的蜿蜒曲折的小路上。

这是只有土生土长的巴黎人才可能知道的小路。自然，连地图上都没有画。

一直到了安全的地方，跑在前面的阿兰才停下脚步。他回身看着岛野，气喘吁吁地问道："岛野……你……你究竟是什么人？"

终于在石板路上蹲了下来的约翰和玛丽同时抬起头，视线投向岛野。两人都还在大口大口地喘息，肩头剧烈地起伏着。

岛野的呼吸几乎没有一点散乱。额上连汗都没出。

"看起来我好像很擅长跑步啊。"岛野耸耸肩，回答，"说不定，以前是田径比赛选手什么的。不过我自己也不记得了。"

"胡说八道……那种事……阿兰根本就……我们又不是在问你那个！"约翰还在呼哧呼哧地喘着气，一边发怒般地说道，"之前守着后门的那个，年轻的德国兵……你一下子就把他给放倒了……"

"这个嘛……"

岛野皱起了眉。

从后门冲出来的瞬间，几乎和一个德国兵迎头撞上。对方震惊于有人从房子里冲出来，眼睛都瞪圆了，岛野迅速地撞进对方怀里。年轻的德国兵一点声音都没发出，软软地瘫倒在地。岛野喝止了想从昏迷的对方手中抢走枪支的阿兰，催促大家立刻从现场逃离——

"也或者，以前是柔术选手吧。虽然自己是不记得了。"

"柔术？"

"是日本古代流传下来的一种武技。"

"先不说那个，爆炸是怎么回事？发生了什么事？"阿兰问道，"那个房子里没有武器——至少，没有任何可以用作炸弹材料的东西。你到底做了什么？用了什么魔术？"

"那个啊，不是什么魔术啦。"面对着三人专心凝视的目光，岛野表情困惑地用手挠着后颈，"爆炸的是你们买来囤放的东西啦——就是**面粉**。"

"胡说，面粉又不会爆炸。"玛丽惊愕地开口，"面粉要是会爆炸，岂不是很危险，连面包都不能吃了吗？"

"放心吧。面包不会爆炸的。"岛野笑眯眯地说，"粉尘爆炸，听说过吗？"

玛丽蹙起形状优美的眉毛，摇了摇头。

面粉自身是不可燃的。在原始状态下就连点火都很困难。

可是，只要条件具备了，面粉就会爆炸。

粉尘爆炸。

虽然一般人都不太清楚，但粉尘爆炸并不是什么特别的事物。比方说，煤井里由弥漫的煤粉微末而引起的煤尘爆炸。就算对不畏艰险的煤井作业人员来说，煤尘爆炸也往往是令人恐惧的存在。其他诸如存放面粉、砂糖以及玉米粉等物品的谷物筒仓，或是处理金属粉末的工场里，也时常发生粉尘爆炸，爆炸不仅破坏建筑物，还常常引起大火，产生过大量的牺牲者。

发生粉尘爆炸的条件是"粉尘云""氧气"和"起火点"这三个要素。

尤其重要的是，空气中飘浮的粉尘与氧气浓度的平衡度决定着爆炸的冲击力。

房间的大小通过目测就可以基本准确地计算出来。在此基础上，推断出最恰当的粉尘浓度完全不是难事。

岛野指示三人做的，是为了使爆炸冲击最大化的准备工作。

把房门缝隙糊起来从而变成了密闭状态的房间。

起火点使用了用锉刀取下玻璃的电灯泡。

接着众人躲进狭窄的储物间，屏息等待，随后就听到了外面的大门被敲得砰砰响。

"快开门！知道你们在里面！"

岛野默不作声地发出信号，启动了用脚踏式风箱和面粉袋子做成的简易粉尘制造装置。随后，就在最佳浓度的面粉粉尘云成形的时刻，德国兵们撞破了大门，冲进房子里来。

他们在一片漆黑中完全陷入了面粉的粉尘。完全不明白状况，又或者是大量吸入了面粉而导致咳嗽不已的人们想让房间里面亮起来，于是摸索着按下了开关——

瞬间，爆炸发生了。

一旦发生了剧烈爆炸，在后门担任警戒监视的那些家伙也会立刻冲到外面来吧。

没想到后门竟然还留了一个人，这一点确实是误算。不过……

在思考之前身体已经自发地行动起来了。

——误算是常有的事。比较起来，灵活应对才是关键。

击倒了年轻的德国兵之后，脑袋里面响起了这样的声音。

会制止阿兰从德国兵那里夺走手枪，也是因为脑中的声音下了这样的命令。理由他并不知道。

之后就顺其自然了。

留下了一片混乱在身后，逃出来之后就把逃跑路线的选择权交给了"生于巴黎""长于巴黎"的阿兰一行人，不停地奔跑……

"岛野，你究竟是什么人？"总算平复了呼吸，玛丽注视着岛野，再次发问，"为什么你会懂那些事？让面粉爆炸然后逃离现场，普通人根本想不到的。"

"为什么呢，我自己也不知道啊。说不定，只要是日本人，个个都懂得粉尘爆炸？"

"怎么可能？"

"谁知道呢。"岛野耸了耸肩。

"约翰，玛丽，听我说。"阿兰擦着额头上的汗，轮流看着两人的脸，"岛野是什么人，这的确是个有意思的话题，可是眼下，还有更要紧的事情。岛野他不仅仅是救了我们的同胞法国老太太，他还确确实实把我们从走投无路的困境中救了出来。除此之外，他甚至用面粉炸弹把一群德国兵一下子解决掉，做了这么了不起的事情！"

"喂，阿兰！等等啊。你不会是……"

"我现在建议，今后把岛野作为我们的同志，正式邀请他参加我们的运动。"

"你要把一个来历不明的，而且还是德国盟友的日本国人，岛野认可为我们的同志？邀请他参加抵抗运动？"约翰惊呆了似的，眨巴着眼，"阿兰，我说你，脑子是怎么回事？"

"我赞成阿兰的意见。"玛丽说，"我们邀请岛野吧，请他参加我们的运动。"

"可恶！又是你们擅长的二比一吗。随你们高兴好了！"

约翰愤愤然地把头扭到一边，转瞬之间，他的侧脸就因为愤怒而红得发黑。

"……就是这样，"阿兰再次转向岛野，"岛野，你愿意为我们的运动——为我们的祖国解放而出力吗？和我们一起缔造法兰西的历史吧。当然了，这并非强制。是非常危险的性命攸关的地下活动。参加与否，你自由决定。"

阿兰的茶褐色眼眸笔直地注视着岛野的眼睛。

"怎么说呢……这个……能让我稍微考虑一下吗？"面对意料之外的要求，岛野犹豫着回答，"目前的当务之急，是趁着对方还没追上来，转移去一个稍微安全些的地方吧。"

说着他回过头去。大意了——

后颈上遭受了沉重的一击，眼前的世界昏暗下来。

6

声音听起来非常地遥远。

"……为什么……为什么……你要做这种事……"

好不容易勉强撑开了一点眼皮。

星光之下，浮现出三个黑乎乎的人影。

紧挨着身边的两人，还有一个离得稍远些，和二人正面相对。

视野模模糊糊的，焦点也对不准。

——妈的，下手还真够重。

岛野默默地在心底大骂，索性合上了眼睛。同时迅速地检视了一下自己的身体状况。

右肩在下，侧卧着倒在地上，身体蜷曲。

下意识地采取了防护姿势，撞击地面的冲击力被减弱了吧。

尽管如此，也很难说是效果良好。因为——

指尖没有感觉。手脚的位置都无法自己确认。

后颈受到强力殴打后，向全身传达命令的神经系统暂时被阻断。恢复正常需要一定的时间。

"胡说！我不相信！"

听到这声走投无路的叫喊，岛野再次张开了眼睛。

"那么，你是说，你从以前开始就是协助德国人的——是监视抵抗运动的德国间谍？"

总算设法对准了焦点。

二比一对峙的，三个人影。

约翰和玛丽紧紧地贴在一起站着，与身材纤弱的阿兰隔开一些距离，面对面的……

不对。

不是这样。眼前的情形其实是——

"嘿，约翰，求求你，把枪放下。总之先放了玛丽！"

这是阿兰恳求的声音。

约翰用左臂紧抱着玛丽，手枪顶在她的头上。

粗壮的手臂揽住玛丽的脖子，约翰缓缓地摇头："很遗憾，这可不行。阿兰，在把你交给德国人之前，不行哦。"

"……为什么？"玛丽的脑袋被枪指着，怯生生地发问，"约翰，你明明那么爱国的，为什么会去跟德国人合作……"

"全都怪你，玛丽！"约翰低声地回答，"你拒绝我的求婚，说什么'现在不是时候'，却总当着我的面，跟阿兰眉来眼去黏黏糊糊……"

"什么眉来眼去……那种事……我只是赞成阿兰的意见，根本就没往那方面想过……"

"你闭嘴！妈的，总是二比一永远是二比一！就把我一个排除在外！"约翰的枪口用力地按在玛丽头上，怒吼道，"把阿兰交给德国兵的话，你的心就会向着我了吧。所以我主动去接触了德军，作为内线监视你们，打算抓住阿兰是反抗者的确实证据，然后把他交给德国人。这次的骚乱是个好机会。刚才德国兵会找到那边的隐蔽据点，就是因为我在出去打探情况的时候顺便通报了消息。为了不暴露是我通报的消息，还特意请他们把沿街的人家全部点个名。所有人都被逮捕之后，应该只有阿兰被送到德国境内的集中营。我都做好准备和玛丽你一起被释放了。可是……"

说到这里，约翰停了一瞬，咬着唇，随后轻轻吐出口气，接着说道："失败了啊。想不到会变成这种结果。这样下去的话，我反倒会变成德军的通缉对象。所以阿兰，很抱歉，让我把你交给德国人吧。和躺在这里的，身份不明的日本人一起好了。"

皮靴坚硬的头部狠狠踹上了岛野。

他痛得皱起了眉头。

但也幸亏如此，恢复意识所需要的时间被缩短了。

确认全身的感觉。

没有问题。

这次可以完全掌控了。那么——

岛野从原地慢慢地站了起来。

约翰吓了一跳，后退着拉开一点距离。左臂依然紧紧地揽住玛丽。

岛野的双臂无力地垂在身前，向前踏出一步。

约翰把顶在玛丽头上的枪口指向了岛野："别过来！再靠近的话我就——"

"……开枪啊。"岛野声音低沉，毫不犹豫。

约翰的脸上倏然浮起畏怯，身体开始簌簌地发抖。枪口上下左右地晃动。

"怎么了？这样可就瞄不准了哦。"岛野笑道，身体悠悠然地晃着，又向前迈出一步。

突然间，约翰张大了嘴，发出意义不明的喊叫。

他粗暴地推开臂弯中的玛丽，双手握住枪，扣动了扳机。

7

跪倒在黑暗中的瞬间，最先浮现在脑海中的是对自己的嘲笑。

误算也太多了。

偏偏最不巧的，竟然会发生这样的误算——

瞬间，意识远去，像要被吸入黑暗的最深处。

耳边响起了没有起伏的低沉声音。

……

回过神来，惊讶地皱起眉。

地狱使者？

冥府引路人？

不，不对。

这令人悚然的，冷冰冰的声音，它的主人是——

魔王。

岛野的唇角浮起微笑，低垂着头抬眼窥向声音的主人。

分隔罪人与牧师的绿色帘布不知何时悄无声息地打开了。

一支蜡烛照亮了男人的侧脸。然而，修道士般的黑色风帽一直遮挡到眼部，除了下巴，几乎看不清男人的长相。

——真是的，需要做到这种地步吗。

岛野暗自苦笑，随后耸耸肩，开口进行"告解"。

"九十比八比二，是目前法国国内旁观者、合作者与抵抗运动者的比例。"

从巴黎乘列车大约一小时路程的小小的村庄。

位于村子中心的天主教堂，是这次指定的接头地点。

岛野的双脚踏上教堂属地的同时，报时大钟开始鸣响。

他停下脚步，凝神聆听钟声。

钟声传达了好几条信息。

"清扫完成——确认无人监视，也没被安装窃听器。"

"接头照原定计划进行。"

"接触方式为方案三。"

"口令是……"

如果有人仔细听，或许会发现钟声与平时相比略微有些不同。但是，**能够理解钟声里所蕴涵的意思的，就只有在 D 机关接受过训练的人了。**

D机关。

日本帝国陆军内部极端机密成立起来的间谍培养机构。

虽然是军方的组织，但其吸收对象并不是陆军大学或者陆军士官学校出身的军人，而是招募了按照军队用语被称为"地方人"的军方体系之外——帝国大学、早稻田大学，或者欧美一流大学的毕业生，对他们进行谍报员培训，然后去执行任务。为此，陆军内部对D机关避如蛇蝎，气势汹汹扬言说只要有机会怎么都要干掉他们的人也不在少数。

在这样的环境下，有一个人在事实上凭借一己之力打造了D机关，并且以毋庸置疑的实绩强势按下了四周的杂音。

结城中校。

有着"魔王"之名的可怕的男人。

传言中本人就曾经是一名优秀间谍的结城中校究竟是个什么样的人呢？对此，就连身为D机关一员的岛野也不清楚详情。

不，不仅是结城中校。在D机关，所有学员都被起了假名，赋予伪造的经历，这样他们彼此都不了解对方的情况。"日本留学生·岛野亮佑"，同样也是为了这次任务而给出的假身份、假名字。

在D机关，发布任务的时候，会给予执行人最适合任务状况的"掩护身份"。从某个人物的外表直到他的经历、人际关系、动作、常用的口头禅、兴趣爱好乃至饮食偏好与忌口，还有其他所有能构成这一人物的一切细琐而庞大的信息，通常一星期左右，时间不够的话就在两三天里，必须将之完全化为自我掌握的内容。

能做到这种程度是理所当然的。

在接受D机关选拔考试的时候，岛野有几次差一点儿就被淘汰。

考试的内容极其古怪，根本找不到与之类似的其他例证。

比如考试中会展开一张世界地图，询问塞班岛的位置，然而地图上其实已经巧妙地抹掉了塞班岛。若是考生指出了这一点，下一步就会被要求说出摊开的地图下面放了些什么东西。又或者会被问起，从进入建筑开始，到走进考场一共有多少步，还有走过了几级台阶，然后紧接着要求在几秒钟之间把映在镜面里的文章读出来并且完全复述。

岛野完全答出了那些问题。

被地图遮盖掉的桌上的物品有德语书、茶杯、两支钢笔、火柴、烟灰缸……完全正确地说出了十几样东西之后，随即又报出了书名及其作者，乃至残留在烟灰缸里的烟蒂上的商标。门口到考场的步数和台阶数自然不在话下，就连走廊上有几扇窗户、开着还是关着，以及虽然其实并没有被问到的，窗户上有没有裂纹都一一指出。

按要求读出了镜面中左右颠倒的文字，在准确复述的基础上，还从尾到头又复述了一遍。

"差一点儿就被淘汰"，并不是因为考试的内容太过奇怪，而是因为曾经认为——

除了我还有谁能通过这种考试吗？

之所以没被淘汰，则是因为后来意识到了，那些一起接受考试的人，看来都和自己是"同类"——全都惊人地优秀，并且都有着比他还强烈的自负。

那之后，岛野和他们一起在D机关接受了训练。比如炸药和无线电的使用方法。比如怎么驾驶飞机。D机关里一方面有着由声名卓著的大学教授开设的医学、药学、心理学、物理学、生物学等课程，另一方面则有从监狱里带来的大名鼎鼎的扒手、保险柜破解高手等人进行实技指导。魔术师教他们如何对物品偷梁换柱，跳交际舞，打台球，乔装变身。他们甚至还在奇怪的地方亲眼见识了专职在风月场上吃软饭的小白脸实际表演如何对女性施展甜言蜜语。

剧烈的武技训练结束之后，他们要立刻穿着衣服在冰冷的水中游泳，一整夜不眠不休的移动之后，又必须要把前一天被要求完全背下来的无比复杂的暗语使用得如同自然语言那样娴熟。在完全黑暗的环境中，要单纯凭借指尖的感觉把各国军队使用的手枪分解开来，再重新组装，恢复成可以使用的状态。

所有的训练生都面不改色地进行着诸如此类的训练。

事实上绝不轻松容易，因为肉体和精神都经受着极限的考验。而与此同时——

这种事情我当然能做得到。

抱有这种想法的，绝不是只有岛野一个。

等待钟声停歇，岛野推开了教堂的大门，走进去。

在习惯了户外明亮阳光的眼中，教堂里面显得非常昏暗。然而岛野的视野立刻切换到左边——他的左眼之前就已经蒙上，已经适应了黑暗。

左手靠墙的一边，有着个箱子形状的小房间。

告解室。

那是天主教中被称为"神圣之屋"的特别的地方。在这里所说的话绝对不会被泄露出去。

接触方式为方案三。

回想起指示，岛野确认过四周并没有其他人之后，动作迅速地从告解室的帘布缝隙中溜了进去。

跪倒在黑暗中的瞬间，脑海中浮现出来的是对自己的嘲笑。

在乡下农庄的小车站刚一走下列车，岛野就被三位结伴而行的素不相识的法国老太太叫住了。他装出一副听不懂法语的样子想要摆脱，却想不到老人家们就是不肯放他走，意料之外地费了不少时间。总算设法和老太太道了别，却又不可能奔跑起来——在乡间道路上飞奔的外国人也太显眼了——眼看着就要赶不上指定的时间。

真是意想不到的误算。

怎么都没想到来到这里竟会遇上这样的麻烦，所以好不容易按照指定时间赶到的时候，不由得松了口气。因为太过安心，那一瞬间，意识都仿佛被吸进了黑暗的深处。

——法国老太太真是难缠啊。一旦牵扯到她们，误算的因素就多得离谱。

一边继续报告着，一边想着这件事，岛野苦笑起来。

完全没想到，今天在这里现身的竟然是魔王——结城中校本人（在此之前，岛野所接触的都是以代号"地狱使者"或者"冥府引路人"称呼的当地的法国通信员）。

岛野的任务本身里没有误算。

不，也不是这么说。

是可能出现的误算全部都在预料之内，任务是完成了的。比如说——

教老太太说那些话的人就是岛野。

——混账纳粹！

——变态法西斯！

——希特勒那种人就该下地狱！

对于自家的房子被德军接收，老太太愤愤不平，岛野就在她的耳边鼓吹了反纳粹的言论。然后又对老太太施加暗示，把她送到了德国兵那里。

要在搞不好就会被射杀的情况下救出老太太,理由当然不是什么"不明真相的日本留学生,看不得老人家受苦就救下了对方",或者"因为在日本,一直都被教育要无条件地尊重年长者。"

不能被杀。

人的死亡往往会引起周围人的关注。而对间谍来说,无论什么情况下都要避免惹人注意,这是铁的法则。

再说,此次任务的目的并不在此。

从一开始,岛野的目标就是阿兰他们。

阿兰和针对德国的抵抗运动有关——而且,他还是领导人,这一点早在事前就已调查清楚。通过救出老太太赢得他们的信任,然后潜入他们内部,确认、掌握占领状态下的法国抵抗运动的实际状况——这才是本次任务的真正目的。

在岛野快要被德国兵带走的时候,阿兰他们出手救人,这和原先预想的一样(若是他们不在那个时间点上介入,就执行另一套计划)。至于在混乱之中头部遭到殴打而暂时失去记忆,这一点要说是误算的话,也确实没错。岛野原本是打算**巧妙地挨上德国兵一顿揍**,以最小程度的受伤就把事情搞定。可是没想到他突然被人拽了下胳膊,于是头部遭到比预想中更重的殴击,然后,由此导致了暂时的记忆缺失。

可即便如此,那也是作为"可能发生的误算",并没有超出计划的范畴。

人类的记忆在遭受外来打击时往往会发生混乱。

头部遭受重击;或者,受到药物以及电流的刺激等。

以上所有这些情境,在间谍被敌人抓住、遭受拷问的情况下,都是很容易就能想象得到的局面。

因此，在D机关，特别进行了专门的训练，确保即使**在那样的场合**，对完成任务而言必要的那些信息也不会错乱。

——并不是什么难事。

训练中，结城中校向满脸半信半疑的学员解释道：

由于打击而造成暂时性信息错乱的仅仅只是表层记忆。只要学会把那些对完成任务至关重要的信息印刻到无意识的深层次就好了。

学员之中没有人露出苦笑，也没人提出反驳。

——这种事情，我们不可能做不到。

聚集在D机关里的，全都是一群会做如是想的具有强烈自负感的人。

被约翰从背后重重敲在后颈上的那一刻——

眼前瞬间昏暗下去，醒来的时候已经倒在了地上。

然而多亏了这样，他全都想起来了。

自己是谁。

以及应该做什么事。

被约翰用坚硬的皮靴头踹着身体，岛野在确认自己已经能完全控制身体以后，摇摇晃晃地站了起来。然后——

回想起约翰畏怯的脸，岛野不由得微笑起来。

真是可怜。

想必是吓坏了吧。

在约翰的眼中，岛野的身姿应该像是一头漆黑的怪物。因为那个时候，岛野是在**刻意模仿结城中校的样子**。

"怎么了？这样可就瞄不准了哦。"岛野说着，朝向连握枪的手都在发抖的约翰又迈出一步。

约翰发出意义不明的叫喊,粗暴地推开臂弯中的玛丽,双手握住枪,扣动了扳机。

那一瞬间,岛野一口气缩短距离,抓住约翰的手腕,把他扑倒在地。

"阿兰,玛丽!把枪捡起来!我按住约翰了!"

听到岛野的指示,两人脚下装了弹簧一样地跳起来,然后按照他说的,把约翰掉在地上的手枪捡起来,再接替岛野控制住昏厥过去的约翰。

等两人回过神,再回过头去的时候,岛野已经从他们的视野之中消失。

"岛野!你在哪里?"

背后传来了阿兰的呼喊,但很快,连这声音也听不见了。

在那之后阿兰和玛丽之间会说些什么,岛野很容易就能想象出来,忍不住就觉得好笑。

"日本人果然不怕死啊。"

仿佛都能看得见玛丽不可思议地摇着头的模样。

"竟然会朝着持枪的对手扑过去……"

"所谓武士道,就是寻觅死亡之道。"

阿兰就肯定是一副什么都知道的样子进行解释吧。"对日本人来说,生存的终极目标就是死亡啊。"

这样的话——

真是天大的误会。

岛野的目标其实是,在那个场合下不让任何人死掉。约翰用粗壮的胳膊勒着玛丽的脖子。若是因为什么情况勃然大怒,他极有可能会把这个甩掉自己的人的脖子扭断。

——只要不死人,阿兰就能够收拾之后的事态。

做出这样的考量之后,岛野首先必须要做的事情就是无论如何要从约翰手中救出玛丽。

为此,他借用了结城中校的气势。

畏怯的约翰一定会把枪口指向岛野。为了确保瞄准,只能用双手握枪。要保护自己,约翰就只能放开玛丽。瞬息之间他已经考虑到了这么多的事情。此外——

说到底,他压根儿就没有被击中的风险。

"好像出了故障,扳机卡住了……"

把藏在书里的手枪交给岛野的时候,玛丽是这么说的。

岛野接过手枪,拆开来,修理。虽然记忆没有恢复,但是双手记得(这就是所谓的把对完成任务至关重要的信息和技能储存在无意识层面)。

在D机关,他们接受了在黑暗中仅靠手指的感觉拆卸枪支然后再重新组装的训练,练习对象不只是日军武器,还包括了其他国家的军队中使用的所有枪支。又或者,必须学会仅仅通过枪声就确定枪支的种类,并且立刻就能判断出这支发射的枪可能装有多少子弹、是否能够连射以及其他的优缺点。

一九一四年制造。法国的老式手枪,就算把手放在背后都能装得起来。

修理过程中,岛野忽然察觉到一丝微妙的不对劲。

虽然经过了巧妙的伪装,可是枪的故障属于人为原因。是故意弄成无法使用的状态的。那么——

"(这把枪)约翰费了很大劲才搞到的。"

玛丽是这样说的。

也就是说，约翰故意把弄出了故障的手枪提供给抵抗组织。为什么？

为了寻找理由，岛野故意把修好的枪递给了约翰。

有一种现象很不可思议，那就是手里有枪的人一定会想要用枪。反过来说，也就是其行动模式会变得单调。对岛野而言，递枪的举动限制了约翰的行动可能性。

除此之外，第一发他装进了空弹。

也就是说，在把修好了可以用——至少是让别人这么以为了——的手枪递过去的时候，约翰接下去的行动就基本可以预测了。

然后只要等着约翰自己现出原形就好。

怎么处置暴露出叛徒身份的约翰，这应该是身为抵抗运动领导人的阿兰的拿手戏吧。可是——

"目前，法国国内的抵抗运动只是以学生为中心的偶发行动。没有发现实际上有哪家机构或组织向他们提供武器。"

岛野低声继续进行着"告解"。

九十比八比二。

正如岛野算出的比例所显示的那样，目前阶段在德军占领下的抵抗运动者是压倒性的少数派。在这种状况下，很难维持有组织的行动。只要组织活动停滞不前，再出现像约翰那样的背叛者的可能性也会提高。

就算万一，假设今后法国国内的抵抗运动会蓬勃开展，那也只会出现在一种情况下，即出现了某个可以统率他们的具有绝对权威以及象征意义的存在。国内的维希政府现在完全是德意志的傀儡。

在这种时候，想不出还留有什么人物足以统率抵抗运动。

"以可能性而论的话，比如说，对了——"

岛野瞬间停住了话头，他眯起眼睛，秘密据点里凌乱地映入眼帘的东西在脑海中准确地浮现出来。

架子上一台收音机，一套修理工具。靠在墙边立放的两根钓竿。桌上好几只花纹艳丽的火柴盒，英文报纸，皱巴巴的一束包装纸——

花花绿绿的火柴盒是用于制作三色旗的吧。

故意弄皱的包装纸应该是用于通信不会错。把物品用陈旧的纸张包起来运送的话，就算包在里面的东西被检查，包装纸本身一般不会被查。那些包装纸上，应该会有用隐形墨水写下的受热可见的信息，或者是印上了使用简单随机数表生成的初级密码。邮戳显示那是从海外送来的物品。英语报纸。收音机的调频与BBC的周波数吻合。此外还有——

给予一锤定音的是那两根钓竿①。

夏尔·戴高乐，那是在法国政府轻易投降了德国的时候，逃亡到英国去的将军的名字。

野心家。

桀骜不驯。

刚愎自用。

不把人当人看的法西斯。

战前无论在国内国外都是受到极端恶劣评价的家伙，然而，在祖国战败被敌人占领的危急时刻，或许正是他这样具有**恶德**的大人

---

①法语中"鱼竿"的发音近似于"高乐"，"两根鱼竿"的发音近于"戴·高乐"。由于是在地下秘密进行的法国抵抗运动的领导人，在公开场合不能说出他的名字，民众就以两根鱼竿来暗指他。

物才是国家所需要的。

对于岛野所做的抵抗运动分析，结城中校宛如一名真正的听取罪人告解的虔敬修士，以一种不感兴趣的态度聆听着。

"接下去呢，要怎么做？需要再持续一段时间吗？"

岛野完成了一通"告解"，语调悠然地询问。结城中校依然侧着脸，嘴型几乎不动，以低沉冷淡的声音说道：

"暂时回国吧。下一班白山丸是最后的回国船了。"

最后的回国船？

岛野皱起眉。

这其中的意味十分明白。

日本很快就将与法国进入战争状态。

德军在欧洲持续着闪电进击，日本政府对他们的成果心醉神迷，打算与德国结成军事同盟。"可不能赶不上巴士啊！"日本的军人当中，公然地悄声说着这种话。以前就已经听说过这些信息，可是——

怎么可能？

岛野哑然地摇头。

若真是如此，那么这一点正是此次任务中最大的误算。

诚然，在德军的闪电战面前，人称欧洲最强陆军国家的法国旋踵之间就投降了。然而，那主要是因为法军这边犯了错误，他们无视武器与战略的近代化，仅仅预想了堑壕战。反之，在这以后纳粹德国需要与英国争夺制海权和制空权，这些方面看不出他们能够占据确定的优势。

明明前些天才递交上去这样的报告。可是，为什么……

眯起眼睛的岛野，终于明白了结城中校为何要特意亲自现身。

报告被无视了。

或者在陆军内部被束之高阁？

与岛野上交的情报中理所当然的结论正相反，日本政府决定与德意志结成军事同盟。对于这一事实，结城中校是怎么想的？就算他没有戴着拉得很低遮住了面孔的风帽，岛野也是完全想象不出来的。

明白的事情倒是也有一件。

那就是，"日本留学生 岛野亮佑"的假面已经不能用了。

在最后一班回国船出发以后，还有留学生滞留也是很不自然的。作为稀有的存在，其一举手一投足都会成为被关注的对象，这么一来，间谍任务什么的就不可能再执行了。

任务结束。

结城中校的出现，是为了向岛野告知这件事情。

忽然间，脑海中浮现出了阿兰总是温和微笑的茶褐色眼眸，同时还意识到了自己略感遗憾的心情。在记忆丢失的那段时间，岛野作为他们的伙伴一起行动。对方正式邀请他，"成为我们的同志吧"，这让他陷入困惑。此刻想到了这件事，心中一阵愉悦……

低沉的声音让他回过神来。

——留下来也行哦。

不由得苦笑起来。

不可能是自己把想法写在了脸上。只是忘记了，结城中校只要凭着对方目光的一点细微闪动就能准确判读出对方的想法。

对啊，也许说不定，阿兰他们会在历史上刻下自己的名字呢。改变历史的，往往都是他们这样的门外汉的行动。

信赖。友情。伙伴。祖国解放。

随便哪个都是会激起美好反响的漂亮的宣传标语。就为了这么一个词，会有许许多多的人们心甘情愿奉献出生命吧。现在是，从前是，今后也还是。然而——

D机关的成员，是由结城中校挑选出来、经受过严格训练的精英——专业的间谍。任何语言都不能打动他们。更别说要为那种东西去献出生命。简直荒谬。

活下去。

活着回来报告。

这才是D机关成员被赋予的使命。

在已经恢复了记忆的当下，他已经没有心情再继续和门外汉们一起玩**间谍游戏**了。

"我回去啦。"岛野耸耸肩，说道，"不过，下次给个稍微有点儿难度的任务吧，拜托了。"

失乐园 ——

1

据说，从欧洲来亚洲旅行的人们一定会有这样的对话：

——下次在莱佛士酒店见吧。

RAFFLES HOTEL。

人称"东方的珍珠"，或者"神秘乐园"，即使在英属新加坡，也是最高级的欧式酒店。建筑以白色为基调，采用了维多利亚时代后期与文艺复兴样式厚重华丽的风格。好些年前，英国皇储来过这家酒店，在舞会大厅里兴致勃勃地享受了舞蹈的愉悦。这件事传开之后，酒店就一直享有着"苏伊士运河以东最好的下榻处"的美誉。

就在这家莱佛士酒店里，面对着廊吧——也就是"乐园中的乐园"——的吧台，美国海军士官迈克尔·康贝尔却带着世界末日般的晦暗神情长吁短叹。

来此赴任领事馆副武官有半年了。

对康贝尔来说，今日之前的新加坡简直就是乐园。

从前其实也听过传闻，但实际来了才领略到，无论和他见过的世上哪座城市相比，新加坡的美丽都堪称出类拔萃。

耸立在城市中心的是圣安德烈教堂那华丽的尖塔，由此出发，在遍布着精心修剪的绿色植物的山丘上，白色石头建造的政府官署，然后还有最高法院的半圆形屋顶，一幢幢建筑整齐排布。从城市的中心向外延伸出若干条笔直宽阔的道路。道路两旁，色泽鲜亮的绿地向着远处扩展，成为高尔夫、网球以及板球之类的运动场所。公园，还有面向儿童的游乐场也随处可见。

尽管是热带气候，男士们在上班时间全都身穿麻质有衣领打领带的白色西服。夜晚则穿晚礼服，要不就是晚餐服①。虽然额头上满是汗水，也会气狠狠地咒骂着，然而很明显，他们深深地爱着这座城市，这里有着殖民地特有的属于冒险者的余香，嘈杂，悠然的生活，更有着一攫千金的机会。

大英帝国在这座位于赤道正下方、与马六甲海峡正面相对的钻石形岛屿上施行了殖民化，收获了无可比拟的巨大成功。

可是对年轻的美国军人康贝尔来说，所谓的乐园，并不是英国人苦心营造的特异的殖民文化，也不是吸引旅人的马六甲海峡那美丽海面的粼粼波光，亦或道边盛开的淡紫色的娇艳花朵——说起来，这些事物究竟有没有进入他的视线都还是个疑问。

刚刚到任的那天，康贝尔在酒店大堂看见了一名年轻的女子，当场仿若遭到雷击。

修长纤细的站姿。黑发柔顺地垂到腰际，小麦色的肌肤有着透明的光泽。线条优美的瓜子脸，杏仁形的、黑黑的大眼睛。她微笑着，露出了排列整齐的珍珠般的小小贝齿。

---

① 即 mess jacket，夏季晚餐时类似盛装的男外衣，形状如同去掉燕尾部分的燕尾服，多为白色。

一直忘我地注视着她的康贝尔，直到被同事用肘部轻轻地戳到腰间。

回过神来的一瞬间，康贝尔向同事发出了连珠炮的提问。

她是谁？住哪里？父母是谁？怎么做才能和她认识？

好不容易才从目瞪口呆的同事那里问出了她的名字，茱莉亚·奥尔森。

"女神"今年十八岁。父亲是矿山技师，丹麦人，母亲是暹罗人。

"对了……她应该还没结婚。"

听到这句话的瞬间，康贝尔眼前展开了一座乐园。

从那一刻起，在恋爱者的厚脸皮与美国人特有的粗线条的驱使下，康贝尔向她发起了猛烈的攻势。另一方面，对那些以混血为理由不欢迎茱莉亚出席的白人俱乐部，他毅然宣布退出。

最开始，他的行为似乎让人觉得不可靠。但是最终，茱莉亚自己，连同她那顽固的父亲，都被康贝尔炽热的感情或者说诚意打动，同意了两人的交往（母亲早在她幼年时期就已去世）。

或许，康贝尔高高的个子，英俊的相貌，富有魅力的蓝色眼睛，讨人喜欢的性格，再加上身穿在南国烈日下熠熠生辉的美国海军白色士官服，这些也多多少少有些影响吧。

在这人称乐园的街市中，两人一次次地约会。

我们最近就结婚吧。

近来都已经谈到了这样的话题。可是——

康贝尔摇着头，再度发出深深的叹息。

昨晚，住在莱佛士酒店的一名英国实业家被人发现了尸体。

而岂有此理的是，茱莉亚被警方逮捕了——作为凶手。

问题在于，茱莉亚她承认了杀人的事实。

2

事件发生于昨天深夜。

彼时酒店里已悄无人声,总管在巡视过程中,发现被称为"椰树园"的中庭的幽暗角落里,繁茂的南洋植物丛中横卧着一个男人的身影。

据说,一开始他以为是哪个人喝醉了躺在那里。

莱佛士酒店的住客以英国上流社会的绅士为主,一向以客户群的优良品质而著称。只不过,有的时候也是会有客人在深更半夜从客房里溜出来,在椰树园里喝酒直到酩酊大醉的。总管的任务之一,就是做好安排,不让这些**不体面的事实**暴露给外界。

必须得把行止不雅的客人悄悄地送回房间。

总管分开树丛靠近人影,然而随即发现了异常。

听不到醉酒特有的粗重呼吸。总管伸出手去打算试试他的脉搏,指尖触到的皮肤的感觉明显不同于活人。

那之后他的行动实在没什么可褒扬的。

一旦确认男人已经死亡,总管就扛起了尸体,搬到距离最近的一个空房间,放到床上。然后,才慢条斯理地报了警。

警察到场之后询问他为什么要那样做,上了年纪的主管神色泰然地如是回答:

"首先,中庭里面有尸体这种东西,会给其他客人带来不便;其次,死者也是客人,既然如此,就没有理由让他那样躺在中庭里。"

死掉的男人是英国实业家约瑟夫·布兰德。

莱佛士酒店的住客。

在本国,布兰德出身的阶层并不高。他年轻的时候来到马来半岛积累起财富，是所谓的"暴发户"。拥有大片的橡胶园的他，是锡矿山的大股东，今年五十四岁。最近时常造访新加坡，每次来都必定下榻莱佛士。他只要一喝酒，就不分对象地跟人胡搅蛮缠，所以熟客都对他敬而远之。

死因是颈椎损伤。头颈的骨头折断了。

警方调查发现，就在布兰德的尸体被发现的地方的正上方，二楼回廊的栏杆附近，有喝了一半的威士忌酒瓶和杯子。昨晚，布兰德是独自坐在栏杆上喝酒，醉了以后失去平衡，从二楼掉下来，由此折断了脖子吧。

由于喝醉导致的坠亡。

警方正要做出意外死亡结论的当口，茱莉亚·奥尔森在父亲的陪伴下，来警局自首了。

"好像是我女儿杀了人。"

丹麦籍的父亲，向出来接待的警官这样说道。之后，在父亲的催促下，茱莉亚自己开口了——

昨晚我去看望住在莱佛士酒店的朋友（跟我一样年纪的女性）。因为很久不见聊得特别开心，等到发现的时候，已经比原先预定的时间晚了很多。

走廊上的灯已经灭了，也没有什么人。不过，我不是第一次去莱佛士，所以很快地走到走廊那里，朝酒店大门方向过去，刚走到面朝椰树园的二楼回廊，从柱子背面的暗处突然伸出来一只手抓住了我的胳膊。

我慌乱地甩开胳膊逃离了那个地方。感觉好像听到背后有人惨叫的样子，但是因为当时脑子里一片混乱，也记不太清楚了。

天亮以后，听说了布兰德去世的消息。

我想大概是那个时候，我甩开胳膊，害得他摔了下去。所以来自首，希望可以弥补罪行——

茱莉亚亲口说了这些事情。事实无可争议。

康贝尔一得到消息就立刻赶去警察局，一再恳求见茱莉亚一次，但是警方以笔录没完成之前任何人都不得会面为由，老实不客气地拒绝了他。

他双肘撑在吧台上，抱着脑袋。

和茱莉亚最后一次见面时的情形，怎么都无法从脑海中挥去。

黄昏时分，两人在美丽的庭院里漫步，四周围被包裹在梦幻般的黄金色中，茱莉亚的脸上忽然笼罩了阴云，轻声呢喃道："我经常会非常地不安……像这座乐园一样的美好光景，会不会到了明天就消失不见呢。现在的这种幸福，会不会就只是今日才能拥有，想到这个就好想哭……"

那时，康贝尔挽住她的手臂加大了力度，保证说："我会守护这座乐园，一定会给你幸福。"那是两天前的事，没错，就只是两天以前。然而——

康贝尔抱着脑袋，缓缓地摇头。

虽然是自首了，但是由于茱莉亚的过错，死掉了一个英国人。就算是再高明的律师，也无法避免有罪判决。

"杀人，或者过失致死的罪名，一到三年服刑。"

这种毫不负责的谣言已经开始流传——

康贝尔回想起自己刚刚赴任新加坡时去视察过的樟宜监狱的情况，不由得溢出绝望的呻吟。

两重高大的混凝土围墙内，一栋栋三层监舍并排着。窗户上装了铁栅栏。处于严密监视之下的单人牢房里，是冰冷无情的铁床。由泛黄的床单可以窥知，备品的发放并不充分。统一的囚服。列队，点名。肮脏的环境。劳作间隙粗陋的饭食……

茱莉亚要在**那种地方**被关押一年，不，哪怕半年，只是想想就要让人发疯。

视野的一角，忽然有人推过来一只酒杯。

"不介意的话，请试一下我调的鸡尾酒好吗？"

康贝尔抬头，与吧台后面脸带微笑的男人目光相遇。

3

一头黑发梳理得整整齐齐。白色制服，纽扣认真地一直系到最上面一颗。领口处露出黑色的蝴蝶领结。

是莱佛士酒店廊吧雇佣的酒保。

康贝尔皱起眉。

询问点单的时候是会招呼，但由酒保这边主动开口搭话还是第一次。

莱佛士酒店里，有各种国籍的人在这边做工。有身高接近两米的高个子印度门童，也有小身板的马来人的客房服务。厨房那边的员工，听说很多是中国人。只是有一点，自从日英同盟关系破裂以来，日本人是绝对不能雇佣的。

开口搭话的酒保大概是中国人吧。他有着东方人特有的细长清秀的眼睛。再仔细看看，五官出乎意料地端正。

虽然对这人没有印象，但是对于酒店员工的长相，本来也就不会留意。

看看吧台上推过来的鸡尾酒，再看看酒保挂着奇妙微笑的脸，反复打量了好几回，康贝尔终于反应过来了。

他在吧台坐了这么久，还一杯酒都没有点过。酒保一定是等得不耐烦了所以来催点单的吧。

"抱歉，那么，嗯，给我干马蒂尼，不要放橄榄……"

"不，不是这个意思。我不是来请您点酒的。"酒保微微一笑，说一口流利的英式英语，"我只是想听听康贝尔先生您对这款鸡尾酒有什么意见。"

"对鸡尾酒的意见？是问我……吗？"

康贝尔一时愣住，但随即就想了起来。

几天前，就在这个酒吧，自己和茱莉亚一起就鸡尾酒的种种知识谈论了许多。酒保应该听到了一些当时的对话，在他看来，这位客人对鸡尾酒知之甚详吧。

康贝尔歪着嘴角苦笑起来，目光转移到放在吧台上的鸡尾酒杯。

高高的调制长饮①专用的平底杯里，倾入了赤红的鸡尾酒，让人联想起新加坡美丽的落日。杯饰是樱桃。液体的表面微微泛着气泡，看来是加了苏打。

在酒保的催请之下，康贝尔把酒杯送到了口边。

"感觉如何？"

"还不错。"康贝尔把酒杯放回吧台，说道，"不过，稍微有点甜了。应该不会再点第二次吧。"

"果然是这样吗。"酒保塌下了肩膀，轻轻地叹气，"其实呢，前两天有位上了年纪的客人跟我说：'以前住在这里的时候，在这间酒

---

① 与"短饮"相对，是适于消磨时间悠闲饮用的鸡尾酒。一般兑苏打水、果汁等，酒精浓度比较低，容器多用平底玻璃酒杯或果汁水酒酒杯这种大容量的杯子。

吧喝到过一种鸡尾酒，叫作新加坡司令，真是让人忘不掉，能为我调制那个吗？'可是不巧，如今吧里没有留下当年的配方……我从客人那里听取了各种各样的意见进行尝试，可是总也不顺利。"

他摇着头说完，抬起脸，讨好般地问道："若是可以，能不能麻烦再试一杯其他的配方？"

这之后，他接连提供了好几杯免费品尝的鸡尾酒，康贝尔依对方的请求说着自己的意见。

还是从根本上重新调整思路比较好。做基酒的干型金酒换掉吧，跟樱桃白兰地的契合度不好啊，两种口味好像在嘴巴里打架了。辅料也别只是局限于柠檬汁，难得这里有条件，多试试南国的水果比如菠萝、芒果怎么样？对了，杯饰的话你觉得香蕉好不好？砂糖的味道流于表面可不行，要完美地隐藏起来。另外苏打也太重了，添加的时机很重要。对哦，要不干脆把顺序颠倒过来试试吧——

不知不觉间，已经染上了几分酒意。

康贝尔环视着四周，突然意识到一件事，喃喃道："……今天，这里空得离谱啊。"

若是平常，不管星期几、几点钟，莱佛士酒店宽敞的酒吧里都坐满了客人，热热闹闹的，可偏生今天空空荡荡，客人的数量一只手都能数得过来。

"因为刚刚才出过那样的事情……"

酒保垂下眼去，他的这句话让康贝尔霍然清醒了过来，胸口一阵刺痛，但也正因为此，他开始有心直面现实了。

现在这个时候，自己除了絮絮叨叨徒然烦恼之外，应该还可以为茱莉亚做些事情。比如说，既然要被审判，就得收集对茱莉亚有利的信息。如果有能让陪审员产生好印象的信息，哪怕不可能宣判无罪,至少能把刑期缩短——

"关于昨晚死在酒店里的那个男人,能跟我说说他吗?"康贝尔从吧台上探出身体,询问酒保,"我听说死掉的那个布兰德好几天前就住进酒店了,应该也常来这边酒吧吧?"

"这个嘛,唔嗯,每天都会过来的。"

酒保擦拭着锡制的银色鸡尾酒杯,点头道。他把杯子举到面前,仔细地确认着表面还有没有留下污渍。

"他是个怎么样的人?随便哪方面都好,你注意到的事情都告诉我吧。"

"这个嘛……"酒保停下了擦拭酒杯的手,环顾四周。他皱着眉低声道:"就私下跟你说说,他在酒吧这边的评价不怎么好。总之就是很腼腆①的那种……"

"腼腆?容易害羞?"

"是涉及某种特定行为啦。"酒保在吧台上做出个写字的动作。

PENCIL SHY——不爱签名。

原来如此,这个意思啊。

康贝尔皱起眉。

在新加坡,来自殖民地宗主国的英国人,即便是在作为特权阶层的白人社会中,也有着自己特殊的地位。比如说,他们平常从不携带现金出行。无论吃饭还是购物,全都可以签个名就好(顺带说明下,身为美国人的康贝尔,就算只喝一杯鸡尾酒也会被要求支付现金)。

在这样的新加坡英国人社会中,被称为"PENCIL SHY"是最

---

①此处原为英文"shy"。

大的耻辱。看来比起周围的评价,"暴发户"布兰德更加看重眼前的实利。

"特别是每次喝了酒,那种倾向就会变得更严重,有时候还会做出些略微过分的恶作剧。"

"这样啊。"康贝尔点着头,随即继续追问,"那其他方面呢?他喝酒的时候会说些什么?有没有讲过谁的坏话,或者,说过跟谁吵架之类的事情?"

若是死掉的男人平时就有仇人,并且那人还是本地的实力人物,那在审判中会很有作用——想到了这一点才提出的这个问题。

"喝过酒以后,每个人都会变得口快啦。"酒保微微地苦笑道,"布兰德先生他——该怎么说呢,是那种有点古怪的乐天派和平主义者。像昨天那样,竟然也会因此跟人争起来……"

笑着说到一半,突然回过神来似的急急闭了嘴。客人的事情说太多了。他的脸上写着这个意思。但,康贝尔不可能在这里半途而废。

"告诉我吧,布兰德昨晚到底跟谁争起来了?"他探着身体,询问道。

然而酒保抱歉地缩缩肩膀:"对不起,我不方便再说更多了……"

"求你了!请务必告诉我!"

酒保脸上浮起为难的表情,但最终还是败给了康贝尔严肃的恳求,他小声地说:"若是您想知道昨天的情况,请去询问坐在那边的客人。"

康贝尔回头,顺着酒保的视线望去。

墙角的桌位里,一位身形肥胖、鹰钩鼻、红脸膛的老人正在独自饮酒。在这间酒吧里见过他好几次了。是在新加坡养老的退役军人,名字应该是——

"汤姆逊准将。原英国海军军人。"

酒保向他耳语。

昨天他也和死掉的布兰德一起喝酒来着。

这样的话,只能去问问看了。

"波旁——啊不,给我两杯苏格兰威士忌。牌子你决定吧,请送到那边的桌上。"

"好的,明白了。"

酒保的回答从身后传来,康贝尔从椅子上站起来,向汤姆逊准将的桌子走去。

4

"致大英帝国!"

干杯的倡议一出,汤姆逊准将的态度立刻变得亲切了。

他一口气干掉杯中的酒,笑眯眯地低语道:"这才是美酒中的美酒啊。竟然有人点什么鸡尾酒,真是搞不懂怎么想的!"

康贝尔苦笑着,向酒保做个手势,示意再要两杯苏格兰威士忌。

"致美利坚合众国!"

这一回,汤姆逊准将举起了酒杯。

点燃粗粗的卷烟,深深吸了一口,他眯起眼睛说道:"在新加坡,什么东西都弄得到。这不是?安坐不动就享受到了故乡的美酒。除了上等的卷烟,早晨有新鲜出炉的法国面包,腊肠,焗豆子,还有爱尔兰炖菜,产自悉尼的新鲜岩牡蛎。若是想要,哪怕给小孩子吃的英国风味高级冰激凌也能吃到。简直是人间乐园哪。"

"这座乐园里,昨天晚上有人死掉了。关于这件事,我有点问题想请教。"

康贝尔的话出口后，汤姆逊准将正眼注视着他。"你女朋友真可怜啊。"他轻轻耸了耸肩，"不过，总之是因为她的错，死掉了一个英国人。她必须得承担自己的责任，就算混血儿也是一样。这才是所谓的文明啦。"

——竟然跟我说混血儿？！

康贝尔勉强压住内心的愤怒，努力装出心平气和的样子，继续问道："听说死去的布兰德先生出了名地讨厌签字？"

汤姆逊准将耸耸肩，很是厌烦地摇头："没错，他经常在需要给账单签字的时候就突然装死啊。不是装睡，是**装死**。胡闹也得有个限度，所以就说暴发户没有自尊心啦。好几次都想要对他破口大骂来着，唔……对哦，他真的已经死掉了啊。对死掉的人得客气些，更多的话我就不说了。"

说完他就牢牢闭起了嘴。

没办法，康贝尔只能换个问题："我听说，布兰德先生是个稍微有点古怪的乐天派和平主义者，还听说，昨天也是因为这个跟人吵了起来。乐天派和平主义者？那到底是什么意思呢？"

"就是乐天派和平主义者啊，在这里的我们所有人都是的。你不这么觉得吗？"汤姆逊准将笑眯眯地环顾四周一圈，然后再次把目光转回康贝尔，询问道，"这座乐园不适合争斗。就连以军人身份度过了整个职业生涯的我，都发自内心地期盼眼前的和平能够永远持续下去。哎呀，说实在的，会扰乱这座乐园和平气象的东西，都必须坚决谢绝。"

"可是在欧洲，战争已经开始了。到这个时候，'永远的和平'已经不存在了吧。"康贝尔皱起眉反驳道，"您的祖国大英帝国，此刻，就在这个瞬间,也正在进行着和纳粹德国的战争。听说不止是欧洲,英国国内也从前些天开始实施食品配给制了。讨论和平什么的,我觉得跟现实离得稍微有点远吧。"

"唔,配给制是有点麻烦啊。"汤姆逊准将缩了缩肥胖的脖子,"不过嘛,待在这里是不会想到那些的啦。食物不用说了,酒类的消费都没有限制。每天夜里,总有某个地方开着舞会。和国内不一样嘛。再说了,怎么着,难道希特勒还能一直打到新加坡这里来?"

"希特勒先不去管他,日军会怎么样?"康贝尔对原大英帝国军人展现出来的乐天作派愕然不已,问道,"日军现在无视国际社会的意见,宁可退出国联,也仍然推进着在中国大陆的战争。他们和纳粹德国联起手来,如今正虎视眈眈窥伺着向南方进展的机会——我们美国是这么认为的。"

"但是我问你啊,日军那种货色,到底能做些什么?"汤姆逊准将极其鄙视地哼了一声,"想想看吧你,那帮家伙已经连续好些年陷在跟中国军队的战斗里了,对方装备如此恶劣,他们都应付不了,狼狈得要命。亚洲人也就只适合跟亚洲人打一打。无论如何,不是我们大英帝国的对手啦。"

"可是……"

"你听好了啊,因为你是美国人,所以并不知道,最开始教会那帮日本人怎么开军舰的就是我们大英帝国。这样吧,就假设万一像你说的那样,日军莽撞地企图向南方进发,朝新加坡这里进攻……"汤姆逊准将说着,从上衣口袋里取出沓层层折叠的纸,在桌上摊开来。

那是马来半岛的地图。半岛顶端的小岛就是新加坡。

"日军肯定是率领大型舰队,从海上正面来攻。"

汤姆逊准将用手指点着地图,一边如此断言,一边露出一个笑容。

由于日英同盟的破裂，日本成了英国的"敌人"。对于这样的日本，英国不可能没对东方殖民据点新加坡的防卫做过准备。

几年前，从英国本土经印度洋，秘密拖曳来了有着十万吨收容能力的巨大的浮船坞，之后以此为基础建设了海军基地，成为英国东方舰队的根据地。

海岸线的重要位置上筑起了堡垒，配备以十五英寸的火炮炮台，睨视着海面。

更何况，还有被誉为"不沉战舰"的英国海军最新最强的战列舰"威尔士亲王"号和同等巨大的战列巡洋舰"反击"号，现在正在向着新加坡回航……

汤姆逊准将以略带醉意的口吻发表着宏大演说，康贝尔哑口无言地听着。

并不是感佩于英国的新加坡防卫政策。

从英国本土拖来十万吨巨型浮船坞做成海军基地也好，海岸线上构筑了装配十五英寸火炮的堡垒也好，再进一步说，关于威尔士亲王号和反击号的部署计划，都应该是机密的军机事务。

莱佛士酒店这里，普通人也可以随意进出。

万一机密情报落入了日军的耳朵，你打算怎么办啊？

对于康贝尔的小声责备，汤姆逊准将不耐烦地在眼前摆摆手，回答道："莱佛士酒店里一个日本人都没有啦。门童是绝对不会放日本客人进来的。工作人员也都经过严格的身份调查，只要和日本哪怕有一点点关系，都不会被雇佣。所以只要在酒店里，随便说什么都不要紧的。"

"但是……"康贝尔想起了前几天刚刚传到领事馆的秘密情报,左右环视一下,越发压低了声音。

盖着"最高机密"戳印的那份报告上写着——

日本陆军内部看来秘密地设立了间谍培养机构。虽然详情还不确定,但该机构培养出来的日本间谍全部惊人地优秀,需要最大程度的留意。

"胡说八道。"汤姆逊准将的脸色立刻变得愕然,唾弃般地说道,"黄皮肤的日本人也能成为优秀的间谍?"

那是不仅对日本人、甚至连亚洲人都完全蔑视的神情。

忽然,他好像想起了什么,手摸上了下巴:"等等,这么说起来,昨天那个男的好像也说了一样的事情来着……唔嗯,所以才会跟布兰德发生那么麻烦的情况啊。"

话题终于落到了期待的方向。康贝尔两眼发光,探出身体问道:"那个男的?昨天和布兰德先生发生纠纷的,究竟是什么人?"

新任英国陆军上尉,理查德·帕克。

和后来死掉的布兰德发生争执的人就是他。

昨天午后,帕克上尉在到任之后,第一次来到莱佛士酒店的廊吧。在跟汤姆逊准将等侨居新加坡的几人一起喝酒时,谈起了奇特的话题。

帕克上尉以当地的实业家们为对象,开始强烈主张"新加坡现在正面临极大的危机,希望各位能向军队提供劳力,用以修筑防线"。

当时在场的人都只是笑一笑,一点也没打算认真理会。

以十万吨规格的巨型浮船坞为基础,真正的海军基地已经完成了。海岸线上分布着配备了炮台的堡垒。更何况还有英国海军最新的两艘巨型舰已经为了保护新加坡而开始回航。

那么,你说还有什么必要做得更多呢?

对于嘲讽般的提问，帕克上尉愤然作答。

日军要攻击新加坡的话，未必一定会率领舰队从海上过来。

最近，有传言说日本陆军内部设立了间谍培养机构。假设有优秀的间谍潜入新加坡，那么我方的防卫设施情况就已经泄露了吧。他们应该会设法摸索路线，不从防守严密的正面，而是从形同不设防的背后入侵。他们肯定会想出意料之外的办法的。我们必须把防止背后进攻的准备工作也都做好。为此，防线的构筑就是当务之急，需要大量人手。假设日本要发动侵略，应该是在起雾的季节，十月开始到明年三月之间。没时间了。当前形势，正是需要英国全社会同心协力的时候。我在此呼吁，希望诸位愿为祖国流血牺牲！云云。

对于帕克上尉的爱国演说，身为大型橡胶园主的布兰德率先露出了露骨的嫌恶表情。

"说什么啊，还日本间谍呢！"

他歪着嘴角，一边摇头一边以讥笑的口吻嘀咕。

由于受到欧洲战场以及美国再次启动军事准备的影响，橡胶和锡金属的行情急速上扬。码头上经常拴了好多艘空船，待船舱装满之后就陆续出港。新加坡的洋面上，停满了挤不进港的船只。

对于经营橡胶园和锡矿的业主来说，这正是最美妙的岁月。

在这最繁盛的当口，竟然有人胡扯说要为了构筑**根本没必要**的防线把劳动力分派出去，怎么都不能默不作声吧。

"竟然提出这种**压根儿不存在**的东西，我们新到任的上尉阁下，难不成就只为了自己的成绩，打算和日本开战吗？"

丢过去的话语中含着浓烈的讥讽。

"和平主义者"汤姆逊准将也站在布兰德的一边。

"'马来半岛是坚不可摧的天然要塞'，英国联合参谋总部的确做过这样的评价。'以日军的装备，不可能突破马来半岛的雨林。'如果对手是纳粹德国的坦克部队还另当别论，可是装备差劲的日本军队，要想沿着马来半岛攻占新加坡，那根本就不可能啊。"

对于汤姆逊的发言，侨居新加坡的一众实业家，连同领事馆职员们都一起举杯，以示赞同。

"关起门来说一句，丘吉尔首相的看法是，'只要苏联不输给德国，日军就不会采取下一步行动'。"一名在领事馆工作的职员，附和着众人得意扬扬地披露了一个秘密情报。

帕克上尉完全被孤立。

形同被所有人联合起来针对的帕克上尉沉默了，然后变了脸色，站起身来。

对着上尉走出酒吧的背影，留下的人们举杯相庆。

那个时候，举酒倡议干杯的，就是布兰德。

5

和汤姆逊准将在酒吧道别之后，康贝尔迈着梦游般的步伐移动到走廊上，发现在柱子背面放有藤椅，扑通一下重重地跌坐下去。

涂刷得一片雪白、纤尘不染的天花板上，巨大的风扇慢吞吞地转动着。

目光追逐着扇翼的动作，康贝尔询问自己。

——难道，真的可能会有那种事？

昨晚布兰德并不是被茱莉亚推开然后坠楼而死，会是这样吗？

在听汤姆逊准将说话的过程中，康贝尔的脑海中浮现出一种假设。

昨天深夜，在悄无人息的莱佛士酒店中庭里发生的事情，其原委会不会根本就不是警方和茱莉亚本人所想的那样？

比如说，是这样——

半夜里，布兰德独自一人在面向中庭的二楼回廊上喝酒。

就在这时茱莉亚从旁边经过。醉醺醺的布兰德出于恶作剧的心理，抓住茱莉亚的胳膊，然后被甩开。

茱莉亚自己的证言也是这样。大概，到此为止事情都没有错。

可是另一方面，仔细想想的话，并没有任何证据表明，是由于茱莉亚的行为直接导致布兰德从二楼摔下，并且死亡。

如果布兰德并**没有**因为被茱莉亚甩开胳膊而**坠楼**呢？

也还是如果，假设这一幕正好偶然被帕克上尉看见了会怎么样？

根据汤姆逊准将的叙述，布兰德平时就是个口无遮拦的恶劣男人。本来就已经喝醉，狼狈的一面又被人撞个正着，他会反过来对着帕克上尉恶言相向吧？说不定，是帕克上尉主动走近布兰德，对于他吓唬年轻女性的恶作剧行为，以英国人特有的严肃提出了责难。

再加上白天廊吧里的那件事……

两个男人从口角发展成推搡，喝醉了的布兰德倒在地上。或者，也许是他脚下打滑自己摔倒了。如果那时，由于倒下而不巧摔断了头颈的骨头呢？

震惊于布兰德的死亡，帕克上尉立刻开始伪装现场。也就是说，他把布兰德的尸体移动到了中庭的植被丛中，伪装成好像因为喝醉而从二楼栏杆那里坠落意外死去的样子。如果真是这样——

康贝尔轻轻吐出口憋在胸中的气息，微微摇头。

全都只是推理。

在别人看来，这只是康贝尔无法接受现实而生出的妄想吧。

就算去跟警察说，现阶段也只能换来被一笑了之的结果。可即便如此——

只要能证明恋人的无辜，哪怕只有万分之一的可能，自己的使命就是去相信并证明那种可能。

康贝尔张开双手，重重地在自己脸上拍了两三下。

还不到绝望的时候，自己还可以做些事情。

或许能够取回失去的乐园。

只是这么想想，世界与刚才相比就完全变了个样，绽放出熠熠光彩。

康贝尔精神百倍地从藤椅上站起身来。

6

那天傍晚，康贝尔造访了英国陆军上尉理查德·帕克在莱佛士酒店的房间。

转过走廊的拐角，二楼最里面的一间。

站在前台告诉他的房门前，康贝尔做了个深呼吸。

——茱莉亚的命运就看这一次了。

一想到这里，好像紧张得脚都在发抖。

下定决心，敲门。

"帕克上尉，请开门。关于昨晚去世的布兰德先生，我有事想要请教。"

房间里传出有人走动的动静，隔了一会儿，门从里面稍微打开一点点。

从那门缝间，一个极其憔悴的男人露出了半张脸。

亚麻色的头发乱糟糟的，平常本该剃得干干净净的胡须开始邋遢地覆上端整面容。青灰色的眼睛下方有着浓浓的阴影。

"你是谁？"帕克上尉眯起了眼睛，问道。

"我叫迈克尔·康贝尔，美国领事馆的副武官。"

康贝尔做了自我介绍，然后慌忙又补充道："不过今天，我是作为茱莉亚·奥尔森的未婚夫来的，她因为涉嫌杀害布兰德先生被捕了。"

说出茱莉亚的名字的瞬间，帕克上尉的肩膀眼看着哆嗦了一下。但他立刻恢复了面无表情的样子，无力地摇头说："抱歉，请你明天再来好吗？我现在不方便。有点事情在忙……"

眼看着房门要在眼前关上，康贝尔的脚尖挤进了门缝。

帕克上尉一脸为难地抬起眼。康贝尔不加理会地强行从门缝里挤过去，走进房间。

"你想干什么！"帕克上尉显得很是愤怒，提高了声音，"马上出去！不然的话，我要叫印度门童上来了，让他把你从这里揪出去啊！"

帕克上尉说着拿起了床边的电话，康贝尔轻轻地耸肩说道："请随便。不过真要闹起来的话，有麻烦的人我想会是你吧。"说着，迅速地打量着房间。

里面房间的床上，床单没有一丝皱褶。

帕克上尉昨晚果然没在床上躺过一下，整晚都没有睡。

可是，究竟为什么？是什么缘故？他做了什么？

答案很快就找到了。

写字台上的打字机，周围散落着大量文件……

"你想要什么？"

不出所料，帕克上尉让步了。虽然还是带着怀疑的神情，但手已经离开了电话机。

"我下面要说一个假设。"康贝尔说,"帕克上尉,我希望就这个假设听听你的想法。假如我说错了,我会立刻离开这里。"

帕克上尉转过头,略微瞥了眼写字台上的东西。然后仰视天花板,死心般地合了下眼。但立刻又睁开来,挑衅般地说:"好啊。就说说你那个什么假设吧。"

康贝尔叙述关于布兰德死亡情况的假设时,帕克上尉一直站在原地,专心地倾听着。

伪装现场。

当康贝尔说到这个词的瞬间,他只是不愉快地蹙起了眉。

一番话讲完,康贝尔的目光再次直视着帕克上尉。

"帕克上尉,想来你并没有故意嫁祸给茱莉亚的意思吧。可是,**就结果而言**,茱莉亚完全把昨晚布兰德先生的死亡归咎于自己了。是因为自己把从暗处伸出来的那只手甩开,导致布兰德失去平衡,从二楼上掉下去摔死了——她就是这样信以为真的。照这样下去,茱莉亚会以杀人或者过失致死的罪名被送进监狱。一年到三年。在那个条件恶劣的樟宜监狱里。"

康贝尔因着绝望的心情苦起了脸。"拜托你了,帕克上尉,无论如何请救救她。昨晚到底发生了什么事,如果你说出真相,茱莉亚就能得救!"

说着,康贝尔凝神观察对方的样子。

帕克上尉憔悴而凹陷下去的眼窝深处,青灰色的眸子中瞬间闪过一丝犹豫的动摇。他的目光落在写字台上,然后再次转向康贝尔。那张脸上,迷惘的神色消失了。

"作为英国军人,我有我的职责。"

帕克上尉说道,斩钉截铁。

——沉溺于乐园的傻子。这就是生活在新加坡的英国人的真面目。

帕克上尉的嘴角歪斜着说道,随即低声地,如同耳语般继续说下去——

"和日本之间不可能发生战争。"以新加坡的施政者为首,军方那班高官平日里都如此断言,肆无忌惮。

对于他们而言,正在欧洲进行的那场战争,说到底不过是对岸的大火。可是,他们的战争观已经完全落后于时代了。在预先确定的海域组成舰队,战舰与战舰激烈作战,然后根据使用的火药量和炮弹数决定胜负——战争早已不是那样的时代。在局部地区,由飞机和坦克发起闪电战。然后就是国家与国家之间,每一位国民都被发动起来直至最后一人的国家总体战。这就是如今,就在此刻这个瞬间,发生在欧洲的"新战争"。

有情报显示,被称为D机关的日本间谍组织已经潜入了新加坡,开展起活动。若是他们已经看穿我们这一边并没有做好应对坦克战的准备(只要是优秀的间谍,肯定是会发现的),就必然会找出办法,不从海上,而从我们背后的马来半岛打过来吧。时间的话,恐怕就是在十月到明年三月之间,起雾的季节。来不及了。我们英国驻扎新加坡的军队,在谍报战这方面,已经完全被日本甩在后面。我必须汇总好紧急报告送往伦敦。为了新加坡的防卫,最必要的不是什么大型战舰,而是最新锐的战斗机配备。把这军事危机传达给国内,是我身为军人的使命。事态刻不容缓。在完成报告之前,我无论如何都不会从写字台前离开——

帕克上尉神情淡然地说完，视线就转落到地板上，嘴唇紧紧地抿起。

康贝尔难以置信地开口了："请等一下。你说军人的使命？那到底什么意思？帕克上尉，你该不会是说，你必须完成作为军人的使命——所以，无法说出真相。你是这个意思吗？"

帕克上尉没有直接回答质问，而是抬起头，静静地看着康贝尔。隔了几秒，开口道："我从昨天傍晚开始，没有出过房间一步。没有见过任何人，当然，也没见过死去的布兰德先生。"

他仿佛变了个人，以毫无生气的语声说道："你的假设只不过是单纯的猜测。一定要说的话，其实是你希望现实是这样的。我理解你想要拯救恋人的心情。但是，连确实的证据都没有就要把罪名扣在我头上，实在是找错人了。话就说到这里。现在，请你遵守承诺，立刻离开我的房间。"

他抬起手，笔直地指向房门。

康贝尔颓然地垂首，摇头。

——最后的机会给丢掉了。

他的视线依然朝下，喃喃着问道："……帕克上尉，你刚才说'从昨天傍晚开始，没有出过房间一步'。没有错吧？"

"是啊，正是如此。所以你的假设是不成立的。请遵守承诺，立刻离开房间。"

康贝尔抬起头，没有走出去，反而从口袋里拿出一支用手帕包着的钢笔问："你认识这支钢笔吗？"

帕克上尉困惑地看着对方递来的物品，眯起眼睛。"看着好像是我的钢笔。之前在房间里没找到，还觉得奇怪来着。你是在哪里找……"说到这里，忽然想起了什么的样子，"难道？"

"掉在椰树园里了。"康贝尔点头，"你也知道，椰树园里种植着各种各样的南洋植物。这支钢笔就夹在角落里扇芭蕉宽大的叶片之间了。顺便说一句，昨天晚上布兰德的尸体最早被发现的地方就在那个旁边。"

康贝尔坐在走廊的藤椅上推演核对了自己想到的假设以后，立刻去对椰树园进行了彻底检查。假设是以昨晚帕克上尉出现在事件现场为前提的。那究竟是不是事实？如果是事实，也必须要有证据证明它。

康贝尔在热带强烈的日晒下，汗流浃背地，在周围人群目瞪口呆的注视中，趴在椰树园里四处翻找。真的就是每一寸地方都找过，可是说真的，到底要找什么他并不清楚，甚至都不确定，是不是真会有什么东西在那里。拼命寻找了一大圈之后，正打算放弃的时候，在康贝尔的视野一角里，跳出了某个闪闪发光的东西。扇芭蕉——别名"旅人之心"——巨大的南洋植物的叶片之间，明显不是水滴反射出的阳光。康贝尔干巴巴地咽下嘴里残留的最后一口唾液，拨开扇芭蕉的叶子，从缝隙间窥望进去。然后找到了——亲手取回乐园的小小的钥匙。

"总之，谢谢你帮我找回来。"帕克上尉伸出手，康贝尔缩回胳膊，把钢笔拿远。

"归还之前，我有事想请教。"康贝尔说，"应该从昨天傍晚开始就没有离开这房间一步，那么你的钢笔，为什么会掉在椰树园里？你能告诉我原因吗？"

帕克上尉暂时放下手，耸肩答道："未必就是昨晚啊，我去过椰树园不知道多少次，可能是更早以前掉的吧。"

"那不可能。"康贝尔摇头,"莱佛士酒店的椰树园,每天日落以后都会有马来员工进行一次彻底的清扫。正因为这样,每天早晨椰树园总是纤尘不染。我向他们确认过了。昨天日落的时候,椰树园里没有这样东西。他们每天都很圆满地完成工作,绝不会看漏的。当然,他们说了,扇芭蕉的叶子之间也全都确认过的。"

帕克上尉紧紧地锁起了眉,但很快又开口:"这样啊,那肯定就是别的什么人捡了我的笔,走廊上,或者那个附近。然后这个人昨晚去椰树园的时候,不留神掉了我的钢笔……"

"那也是不可能的。"康贝尔再次摇头,"不会是其他人掉落的。因为这支钢笔上,你知道吗帕克上尉,**就只有你一个人的指纹**。"

"指纹?你已经检查过指纹了?那么,难道……"

帕克上尉的眼睛瞪大了,视线转向康贝尔身后的房门。

"刚才,你**丢掉了**承认自己罪行的**最后的机会**。"康贝尔厉声说道,"你坚持说自己从昨天傍晚开始就没有踏出房门一步,这反而证明了你是在撒谎。没错,从刚才开始,调查过钢笔指纹的警官们就在走廊上待命。他们从一开始就听着你说话了。想必他们会很想知道,为什么你要撒那样的谎吧。"

说完,康贝尔从房门前退开,以此为信号,之前在走廊上待命的几位制服警官拥进了房间。

在康贝尔的冷眼注视下,两名警官从两边架起茫然的帕克上尉的胳膊,推着他走出了房间。

7

一小时后——

面对南桥路的英国海峡殖民地新加坡中央警察局里，康贝尔坐在接待处的长椅上，急切地等待着恋人被释放。

康贝尔白天找遍了椰树园的每一个角落，在扇芭蕉的叶子中间发现了新加坡警方疏忽掉的证据——一支钢笔。他立刻保护起现场，然后报警，请他们仔细地调查那支捡回的钢笔。

钢笔上检查出了帕克上尉的指纹，并且只有他的。这一刻，康贝尔确信了，自己的假设是正确的。

但是，要想让警方行动，还剩下一个很大的问题。

帕克上尉把钢笔掉落在现场的时间。

在布兰德的死亡推定时间，帕克上尉要正好在场。

为了得到警方的认可，就必须让帕克上尉自己做出证言。

康贝尔揪住负责案件的刑警，让他听完自己的假设。同时，还提出了一个建议。

接下去我要去和帕克上尉谈话，希望能带几位制服警官一道前往，在门外偷听我们的交谈。然后，如果帕克上尉说他"昨晚一次都没接近过现场"，那么既然有附了指纹的钢笔，就表明他在撒谎。至于为什么要撒谎，希望你们能进行详细调查。

去酒店房间拜访帕克上尉的康贝尔，必须要引导帕克上尉亲口说出"昨晚一次也没有接近过现场"这样的台词，也就是要**让他否认**一下他曾经出现在现场的事实。

去酒店房间的时候，在房门前停下脚步，想着"茱莉亚的命运就看这一次了"而紧张到脚都发抖，正是因为这个缘故。

康贝尔回过头，静静地吐出口气。

那件事总算也是做到了。

被与康贝尔的对峙逼得喘不过气的帕克上尉脱口而出"从昨天

傍晚开始，没有出过这房间一步"，结果反而证明了他在撒谎。

刚才到接待处来出面接待的警官悄悄告诉了康贝尔里面审讯的情形。

帕克上尉一开始否认事实。坚持说昨晚没有离开过房间，一直在整理给国内的报告。但是，警方以证物钢笔作为突破口，追问他撒谎的理由，神情憔悴不已的帕克上尉在短暂的沉默之后，仿佛忽然绷断了弦，全部都说出来了。

昨晚，帕克上尉整理着报告，然后中途为了歇口气，出门去椰树园走走。当时，有人在二楼回廊上叫住他。准确的时间他不记得了。椰树园的灯已经熄灭，周围一片漆黑。从楼梯上走下来的是布兰德。布兰德一走到中庭，就开始对白天廊吧里的事情老调重弹，反复嘲笑说帕克上尉的想法简直蠢透了，甚至还丢出了"需要钱的话我给你，赶快滚出新加坡吧"这样如同收买一般的话。本来就因为整理报告疲惫不堪，帕克上尉不由得怒火冲天，立即还以激烈言辞。于是，布兰德突然上来揪住他。两人扭打起来，布兰德轻易就被推倒在地。他摔倒在枝繁叶茂的热带植物深处，巨大的扇芭蕉根部，不知怎么就再也没有爬起来。帕克上尉觉得很奇怪，向着暗处仔细看去，发现他的脖子弯成了一个奇怪的角度。帕克上尉慌乱地跪倒在布兰德身边，抓起他的胳膊摸上手腕，没有摸到脉搏。布兰德死了。心神不安的帕克上尉把布兰德丢在原地，急急惶惶地跑回自己房间——

"天亮以后，布兰德先生的尸体被发现的话，自己就会被捕，那是没办法的。可是在那之前，我想无论如何要把发给国内的报告整理完成。"

据说帕克上尉说到这里，一脸万念俱灰的表情摇着头。

听了负责刑警的话，康贝尔的内心愕然不已。

事件的情形差不多就和他心中描绘的假设一样。若说有哪里不对，就是争执的起因并不是茱莉亚。再有就是，帕克上尉并没有为了使布兰德的死看上去像意外而对现场加以伪造吧。

"天亮以后，我听说茱莉亚·奥尔森小姐由于涉嫌杀害去自首。我不知道她为什么会那样做。但是，想到这样一来就有时间完成报告，不由得松了一口气也是事实。我原本是打算一完成报告就来自首说出实情的，绝没有打算嫁祸给她。"

帕克上尉好像是这么说的来着，但到底是不是真的就很难说了。

就这样，茱莉亚的嫌疑洗脱了。

原来茱莉亚只是为了自己根本就没有犯下的杀人罪苦恼，还去了警局自首。

剩下的就是办理撤销拘留手续，然后无罪释放。只要等待放人就可以了。

办理手续意外地花时间。

康贝尔焦急地等待着里面那道门打开，露出恋人的脸。每一秒的流逝都缓慢得令人心焦。但同时，只要一想到是自己亲手取回了乐园，胸膛里就是满满的自豪——

"咦，叔叔，你笑什么啊？"

意识之外，有个声音在跟他说话，康贝尔猛地回过神来。一个五六岁的小孩子正站在身边，满脸好奇地盯着自己。

康贝尔不由得面红耳赤。看来是自己不知不觉间默默地笑起来了。

"因为有点高兴的事情啦，所以才笑的哦。"

"唔嗯。"那孩子应着，突然朝康贝尔伸出了左手，"叔叔，摸摸我的脉搏。"

大概是从哪里听到过，所以说了这种话。

哎呀呀，康贝尔苦笑着握住他的胳膊，下一个瞬间，大吃一惊。

无论怎么摸，都感觉不到那孩子的脉搏。

可是，怎么可能有这种——

小孩甩开康贝尔的胳膊，咯咯咯地笑着逃远了。逃跑的途中，有什么东西掉了下来。小小的，圆圆的，球状物。掉落的瞬间，在门厅地板上高高地弹起，骨碌骨碌滚动着。小孩急急忙忙捡起掉落的东西，向门厅的另外一边跑去，那边的妈妈看来也是在等着办什么手续吧，满脸的厌烦表情。小孩拖着妈妈的胳膊，唤起她的注意，得意扬扬地说着什么。他的手指向康贝尔，手里仍然握着小小的圆球。

妈妈抬起眼，脸上浮起抱歉的神情，耸了耸肩。

康贝尔举起一只手，示意对方不必介意。

看来是彻彻底底上了个大当啊。

恶作剧的诀窍，就是橡胶树脂凝固了的所谓"橡胶球"。马来与新加坡是橡胶和锡的产地。橡胶球这种东西到处都有滚来滚去，极其常见。

"摸摸我的脉搏！"

说着这话伸出左手的时候，小孩的腋下紧紧夹着橡胶球。因为这样，血流一时被阻断，再怎么摸都没有办法摸到脉搏。

康贝尔苦笑起来，随即忽然产生了一丝异样的感觉。今天一天的忙乱不堪中灌入耳朵的几个词语毫无条理地浮现在脑海里。

暴发户布兰德。不爱签名。装死。胡闹也得有个限度。要准备好应对从半岛方向攻打过来的敌人。为了建筑要塞，希望各位能够无偿提供人手。橡胶也好锡也好如今正是最热的时候。新到任的上尉阁下，难不成就只为了自己的成绩，打算和日本开战吗……

词语的短片如同拼字游戏一样逐渐连接起来。

装死。

忽然间，仿佛被人打了一拳似的。

汤姆逊准将评价死去的布兰德时是这样说的：

"他经常在需要给账单签字的时候就突然装死啊。不是装睡，是**装死**。胡闹也得有个限度。"

布兰德经营着很大的橡胶园。说不定，他是只要一遇到要签字的场合就拿个橡胶球夹在腋下来"装死"？当然，平日里对熟人来说，这种事不过是类似儿戏的恶作剧而已。可是，新任英国陆军上尉理查德·帕克昨天午后才是在到任后第一次出现在莱佛士酒店的廊吧。他很可能并不知道布兰德的恶作剧。如果这样的话——

"因为专心埋头于整理报告，所以不知道准确的时间。"据说帕克上尉是这么说的。

有没有可能，顺序是反过来的呢？

日落以后，布兰德在俯视着中庭的二楼回廊上独自饮酒，他发现帕克上尉走到了中庭，立刻想到了一个恶作剧。布兰德大声叫住帕克上尉，重提白天的那件事，故意挑起争端。然后主动伸手去揪打对方，看准时机夸张地摔倒下去，脖子向着异常的方向弯曲，同时在腋下紧紧地夹了个橡胶球使得脉搏无法摸到，表演起了自己擅长的"装死"。对于布兰德惯常的恶作剧一无所知的帕克上尉，不出所料地以为自己杀死了他，脸色大变逃离了现场。

那之后，布兰德施施然地站起来，回到二楼回廊上柱子背面不显眼的地方，独自喝着酒。他是想等着窥视帕克上尉回来惊慌失措的模样，然后加以嘲笑吧。可是，帕克上尉总也没有回来。此时，茱莉亚从这里经过——

从柱子背后伸手不出声地抓住茱莉亚的胳膊多半是因为，帕克上尉也许马上就要回来，不想让他听到"应该已经死掉了"的自己的声音。又或者，布兰德是想让茱莉亚也一起暗地里偷窥帕克上尉的狼狈，以此取乐。可是，茱莉亚被黑暗中突然伸出一只手来抓住胳膊的情况吓坏了，挥舞着手臂逃之夭夭。以不稳定的姿势坐在栏杆上的布兰德就势从二楼上摔了下去。真的摔断了颈骨，死掉了⋯⋯

这样的想法是不是很自然呢？

不，现在想起来，若是平时的自己，肯定应该是按着那样的思路来思考的。可是为什么，偏偏那个时候，自己会想出那样的假设——

对于今天整整一天都挥之不去的不对劲的感觉，此刻，康贝尔清楚地意识到了。

那个假设，真的是自己想到的吗？

驻英属新加坡的美国领事馆副武官，说白了是个闲职。

选拔的标准是漂亮的外表，还有就是让人如沐春风的柔和感。

这种事就算谁都不说，康贝尔自己也知道得很清楚。就算要他自己来说，怎么讲呢，并不是那种头脑明晰、闻一知十的类型。

就算说是为了拯救恋人，可是找出警方疏漏的证物、跟"真凶"对峙引出他的自白——这种事情，自己真能做到吗？

冷静下来想想，白天汤姆逊准将所说的话，都是极其平常、老生常谈的内容。若是平时的康贝尔，只根据这一点点线索就看穿布兰德事件的真相并进一步看到帕克上尉伪装现场的可能性，那是无论如何都不可能的。

为什么偏偏是今天，可以变了个人似的行动呢？

——是被谁给操纵了吗？

　　想到这种可能性的瞬间，康贝尔觉得背上一阵发冷，环顾了一下左右。

　　但是，究竟是谁？

　　脑海里的一隅，浮现出某个场景。

　　吧台上被人推过来的高高的玻璃酒杯。让人联想起新加坡的夕阳的红色鸡尾酒。表面微微地冒着气泡。鸡尾酒的名字是——

　　新加坡司令。

　　那时，康贝尔被酒保搭话，在他的劝说下喝了好几杯新创制的鸡尾酒，还说了感想。可是——

　　新品鸡尾酒的感想？

　　真的是那样吗？

　　"还是从根本上重新调整思路比较好……契合度不好……好像在打架……多试试南国的水果……流于表面可不行……完美地隐藏……时机很重要……干脆把顺序颠倒过来……"

　　那个时候，以为是出于自己的意志说出自己的想法。可是，现在再回头想想，不知怎么总觉得奇怪。就好像，总觉得自己说出的那些话，是被人巧妙设计后的结果。

　　脑海中浮现出其他的情景。

　　当时，酒保擦拭着银色的锡制酒杯。杯子举到面前，认真地确认着表面上是否还残留有污迹。**简直好像在确认指纹一样**。只有这个画面，奇特地好像是刻意似的留在了印象里。

　　可是……不会吧？会有这种事情么？

　　在酒保的催请下康贝尔诉说的对鸡尾酒的感想，再有酒保那些若无其事的动作，和之后与汤姆逊准将对话中的话语在脑海中无意识地组合起来，**作为结果，使得康贝尔构想出那个假设**，这样的事情……

事件的"思路从根本上重新调整"，时间的"顺序颠倒过来试试"，"契合度不好""吵过架"的对手的存在。事件"流于表面可不行""完美地隐藏"起来。隐蔽工作。"多试试南国的水果"。中庭的南洋植物之间。找出在那里发现的钢笔上的指纹——

他唆使了那之后康贝尔的全部行动。

不，不止如此。

康贝尔想起一件事来，干巴巴地咽了口唾沫。

新加坡司令——Singapore sling。

那时，酒保不知为什么不厌其烦地说着新调制的鸡尾酒的名字。

从德语"shurigen"（喝）变化而来的"sling"在英语中是"悬挂"的意思。布兰德其实**并没有坠楼**。康贝尔开始产生这种想法，就是因为耳边不断地重复着那个词的缘故。那成了假设的最初发端——

可是，到底为什么？他是为了什么要做那种事？

喝了酒以后，每个人都会变得口快啦。

酒保的话语在耳边回响。

如果他并非外表看上去那样的是中国人，其实是日本人——是人称 D 机关的日军间谍组织的一员呢？

莱佛士酒店的廊吧是很合适的情报收集场所。日本人无法踏足其中。集聚在吧里的英国人全都这么认为。不经意间泄露机密情报的机会绝对不少。

全都合得上了。只是——

那个酒保会是日本间谍？

康贝尔怀着无法置信的念头，试图回忆起白天见过的那个酒保的长相。

无论怎么想，都完全想不起他长着什么样的脸。统一配置的酒店白色制服，领口的黑色蝴蝶结。能回忆到这里，可不知怎么，就只有长相的部分是完全空白。就算再次见到，他也完全没有自信可以断言那是同一个人。

没有长相，没有姓名的男人。

那就是日军的间谍，由D机关派遣而来的谍报员吗？

证据一件都没有。全都是康贝尔的想象。

只是，如果那个酒保是日军间谍——

康贝尔突然意识到了这件事今后的某种恐怖的可能性，心底一片茫然。

在被称为"东方珍珠"或"神秘乐园"的英属新加坡，白人社会之中，真的只有帕克上尉一个人看到了世界的本来面目吗？

住在新加坡的白人们，全都沉醉于梦幻般优美的光景和眼前的和平幻影之中，深信不疑这乐园可以永远存在。假如那都是错觉呢？事实是，此刻，就在这个瞬间，觊觎着向南方发展的日军也正在有条不紊地推进着侵略计划。假如在新加坡，危机已经逼近到迫在眉睫的距离……

帕克上尉在"乐园傻子"的新加坡白人社会中，是唯一准确掌握了时局状况的人。对日本间谍而言，他是个碍事的存在。或者，说不定间谍的目的就是无论如何都要阻止上尉向本国进言"配备最新锐的飞机"。正在找机会除掉帕克上尉的时候，酒店里偶然发生了意外。日本间谍决定利用这次意外。绝不自己露面，而是操纵那个满脑子都是拯救恋人的单纯的美国青年，除掉帕克上尉。如果这才是事情的真相——

帕克上尉说过，那支用作证物的钢笔，他不记得是丢在哪里了。

钢笔上只有帕克上尉的指纹。所以，这成为足以出动警方的证据。但是，只有物主的指纹清晰保留，这状况会不会太过完美了一点儿？

留在打磨光滑的金属表面上的指纹，可以很轻易地用生橡胶拓摹下来。

以前，不知道在哪里听到过这样的说法。

如果是那个酒保，可以很容易就取到帕克上尉的指纹。

用生橡胶取下锡制酒杯表面残留的指纹，之后就可以留在任何地方了。或者，会不会是他秘密地偷出了帕克上尉的钢笔，然后仔细地擦干净其他指纹，再只沾上上尉的指纹，放到了那个地方呢？接下去，为了让康贝尔发现⋯⋯

就在此时，毫无预告地，里面那扇门开了，茱莉亚的身影出现。

她不安地环视着四周。

认出了不由自主从长椅上站起的康贝尔的身影，茱莉亚的脸上瞬间绽放光彩。

在这瞬间，康贝尔的脑海里，除了茱莉亚，其他所有都消失不见。

双臂张开迎向小跑着奔过来的恋人，康贝尔确信了。

若是再有什么怀疑的目光投向茱莉亚，自己是绝不会把所谓真相什么的告诉任何人的。

就算，那是恶魔的诱惑。

就算，因为爱而导致失去这乐园。

康贝尔紧紧拥住扑入怀里的美丽恋人。然后，在那甘美的芳香中忘却了一切。

追踪

1

为什么会变成这样的?

英国《泰晤士报》远东特派员阿隆·普莱斯心底一片迷茫,耳边吵吵嚷嚷的刺耳日语听起来显得极其遥远。

放在桌上的双手戴着结实的钢铁手铐。

为什么?为什么会变成这样……到底是哪里出错了?

找不到答案的疑问,一直在脑海中翻滚不停。

忽然,脸上感觉到了凉风,他抬起头来。

跃入眼帘的,是晃眼的晴空。

——对哦……已经是夏天了呢。

普莱斯呆呆地想着,目光投向那处唯一能让他离开这个房间的地方。

宪兵队总部,最高一层的审讯室。

通过大大敞开着的**五楼窗户**,外面的蝉鸣是如此聒噪——

2

普莱斯第一次听到那个传言，是在那家望得见横滨港的酒吧"GAS LIGHT"。

伴随着日英关系的恶化，日本普通国民之中最近也突然反英情绪高涨。在酒吧里有时会被寻衅吵架，所以也不能去随随便便的场合悠然喝酒了。不过，只要在这家由在日英国人经营的立式酒吧，还是可以毫无顾忌地一醉方休的。

所谓的传言是说，"几年前，日本陆军内部秘密地成立了间谍培训机构。从这个机构出来的优秀的日本间谍们最近活跃在国内外，开展着各种秘密活动"。对此，普莱斯一开始是嗤之以鼻，根本没当回事的。

在重视武士道精神的日本军队里，从来倾向于把间谍行为视作"卑鄙怯懦的行为"。尤其在帝国陆军，这种倾向更加强烈，间谍被视为"肮脏的工作"，"有辱皇军英名"，其存在备遭嫌恶。以前，普莱斯曾经采访过的一位陆军大佬在他不动声色引出话题时是这样说的："间谍？那些混账，就是些喜欢偷窥的、不要脸的色鬼下流胚！"听他的语气，就像呸出一口什么肮脏东西似的。

在这种精神氛围里，就算是成立了培训机构，也不可能训出什么"优秀的间谍"——

他挑起一边眉毛，露出轻轻的一笑，对方焦躁不已地皱起了眉：

"我没跟你开玩笑。"

光线昏暗的吧台最靠里面的位置，普莱斯在人声嘈杂的店里缩着肩膀以不引起周围人的注意，跟他一起喝酒的，是就职于英国驻日大使馆的办事员休·莫里森。他有着出色的语言才能，在大使馆专职从事日语文件的翻译工作。

"希望你别把事情传出去。"莫里森压低了声音，继续说下去。听着他的叙述，普莱斯皱起了眉头。

前些天，莫里森无意间看到一份国内发给英国驻日大使馆的绝密文件。文件里有着"密切注意日本间谍"和"收集该神秘机关的情报"的指示。

"总之，那个培训机构里好像是集中了**军队系统以外**，也就是毕业于东京和京都的帝国大学，或者外国大学的出色的年轻人，在那里进行间谍培训。事实上，现在世界各地的英国殖民地，甚至在英国本土，都好像已经出现了像是由于他们的活动而导致的情报损失。"

听着莫里森的话，普莱斯眯起眼睛，静静地沉思起来。乍听之下难以置信，但是，如果这个情报是真的——

他摇摇头，叹了口气，向莫里森道了谢，在吧台下面悄悄地把钱递过去，然后离开了酒吧。

普莱斯回到深夜里悄无人声的事务所。身体深深地靠进椅子里，点起一支香烟，目光追逐着升腾而起的白烟。

那种事可能是真的吗？

普莱斯半信半疑。

作为官僚组织的常态，日本陆军里有着重视"血统"的倾向。组织内的人事就是很好的例证。掌握人事大权的陆军省人事局补任课在传统上来说，课长和课员的位置，全都被出身陆军幼年学校[①]的"元老级"将校把持着。总而言之，就是从陆军幼年学校开始，到陆军士官学校，再到陆军大学，只有以优异成绩毕业的人才能在组织

[①] 陆军幼年学校是旧日本陆军培养军官的初级学校，吸收中学一二年级学生入学，三年制。毕业后升入陆军士官学校预科。

中出人头地,执掌大权。

反过来说,无论多么优秀,只要不是从幼年学校开始就在体系内,"中途插班生"在之后的人事方面就会遭到差别对待。

他们理所当然地把军人以外的人都称为"地方人",心存蔑视。

在这样的氛围中,又何况是在极端厌恶间谍行为的陆军组织内部,集中起一群毕业于普通大学的人——他们在陆军里几乎被视为"异教徒"——组成间谍培训机构,真的能有成果吗?这种惊人的业绩,真的可能实现吗?

嘴角叼着香烟,普莱斯的视线回到写字台上摊开的便笺纸。

结城中校?

白色便笺的中央,写着简短的、打了问号的几个字。

据说,就是他在日本帝国陆军内部一手打造起了间谍培训机构,是统率那些异端间谍的首脑人物。

——有意思。

普莱斯轻轻一笑,把变短了的烟蒂在烟灰缸里掐灭。

去追踪他。追踪那个完成了不可能完成的任务、谜一样的男子结城中校的过去。

对于英国《泰晤士报》远东特派员阿隆·普莱斯而言,这是个有着足够魅力的采访主题。

3

普莱斯来日本已经十年了。

五十六岁。

日本恐怕应该是他最后的工作地了。

来日本之前,他曾经历任孟买和香港的记者。十年前,由神户港初次登上日本的土地。

普莱斯很快就被这个国家的美丽给迷住了。

从前,对于虽然充满活力但又同时有着下流、杂乱、混沌、旁若无人氛围的亚洲,他总是有着些许的心头犯怵。可是在日本,街道打扫得一尘不染,人们都认真而亲切,脸上总挂着温和的笑容,这些特征,让他感到简直宛若上天赐予的神迹。

从来到日本开始,普莱斯就陆续向国内发回了友好地介绍日本的报道。樱花、艺伎、武士道、忍者、庙会、花火、狮子舞,还有菊人形。报道登载在国内的报纸上,大致收到了广泛的欢迎。日本通。不知何时开始,在驻日的外国记者当中,他有了这样的称号。普莱斯自己也拼命学习着人说难懂的日本文字,如今甚至都用了日语汉字"阿龍"来作为自己的签名。

回顾着以往的普莱斯,忽然间扭曲了神情。

和那时相比,日本社会的氛围现在已经完全变了。

刚来的时候,这个国家里身穿军装的政治家们还没有如今这样神气十足飞扬跋扈。最近几年,以政治家和财界人士为目标的恐怖事件频频发生。与此同时,对思想和言论的管制则越来越严厉。

现在,仍然居留在日本的外国记者全都处在政府的监视之下。报道全部都要接受检查,特别是涉及天皇与皇族的内容,不要说侮辱性言论了,就连作为略微打趣的对象都不允许。这类管制之中并没有明确的规定。大体上从维多利亚时代老旧的自由主义一直到最先锋的无政府主义,所有一切都会成为被删除的对象。

外国记者中，愤然甩出"这种情况怎么可能写得了像样报道"的话语，然后离开日本的不在少数。

但是，也有普莱斯等几个外国记者依然留在了这个国家。

我不留下来还能有谁留？

普莱斯觉得，正因为是在**这样的情况下**，自己留在日本才有用武之地。有些事情，是只有爱着日本、完全了解了日本的自己才能做到的。对此他很自负。

在大日本帝国陆军的内部，仅凭一己之力构筑起了奇特的间谍组织的男人——

这个"结城中校"，究竟是什么人？属于哪里的部队？话说回来，他到底叫什么名字？

开始取材的普莱斯很快就撞上了不可解决的障壁。

他从一开始就没想过和能结城中校本人接触、或是进行采访。

对方是现役的间谍头目。不可能接受**敌对国家**记者的访问。从普莱斯的立场来说，他原本打算的是通过整合认识结城中校的人们的证言，让他的形象浮现出来。

可是，无论怎么打听，都没能找到哪怕一个人真正地"认识"结城中校。"有听说过来着，不过不知道是个什么样的人。"所有人都异口同声，而且大都很不高兴地皱着眉，如是回答他。

普莱斯绞尽脑汁。

结城中校简直如同幽灵，不落入任何人的眼中、也不留下任何踪迹地行动着。打听来的结果让人只能这样去想。可是，现实中真能做到这样吗？

每个国家都是一样，所谓军队，本质来说是极度官僚主义的，换而言之就是，有着衙门作风的一面。具体来说，去办事务手续的时候一定要带着书面文件，然后那份文件一定会被归档保管。只要去调查一下保管的文件，任何一个属于军队系统的人，其活动经历都能被一一追溯。

普莱斯忽然想到了一件事情，微笑起来。

若是找不到认识现在的结城中校的人，那就回到过去寻找。只要他隶属于军队，调查一下文件的话，一定应该能找到他的过去。

当然了，对于保管在陆军内部的军人信息，作为外国记者的普莱斯不可能说一句"喂，我要看那个"就能查阅。但是，也有些信息是很简单就能看到的。比如陆军幼年学校、陆军士官学校的学籍册。非正式制作的名册不会被指定保密，所以只要有恰当的门路，再支付相应的酬劳，就能很轻松地拿到复印件。

普莱斯根据传言估算了结城中校大致的年龄和从陆军幼年学校、陆军士官学校毕业的年份，弄到了那前后好几年的学籍册。大批的同期生中，必然有个把粗枝大叶口风不紧的人。又或者，有那种中途被从军人仕途上黜落下来的人，也是有可能接触的吧。日本有句谚语叫"同吃一锅饭"，意思是说"共同生活的人会成为亲密伙伴"。要想知道那人是个怎样的人，去问那些"同吃一锅饭的人"——也就是在陆军幼年学校或是陆军士官学校里跟结城中校关系亲密的人——就好了。至少，应该可以得到一些线索。

这是普莱斯这样的日本通一开始就想到了的釜底抽薪的办法。可是——

不管怎么找，都没有发现对得上号的人物。

说起来，"结城"这个姓氏本身，就没在对应的名册上出现过。谨慎起见，他又把调查对象扩大了好几年范围，但还是一无所获。

为什么呢？

普莱斯点起一支烟，轻轻地蹙起眉。

他盘腿坐在榻榻米上，面前放着被称为"踏几"的日式矮脚书桌。这里是普莱斯自己家的书房。

面对几上摊开的材料，普莱斯抱着胳膊陷入了沉思。

再次尝试在脑海中梳理一遍信息。

最近，不只是英国的各处殖民地，就连本土也发生了疑似绝密情报泄露的事情。调查结果显示，这些事件都与设立在日本帝国陆军内部、集结了一群"地方人"的间谍培训机构有关。有一个人单枪匹马建立起了组织，管束着一众与军队组织那套理论格格不入的间谍，这个人，就是结城中校——

想到这里，普莱斯皱起了眉。

"结城"是日本帝国陆军的在册人物，这不会有错。

因为军方对于民间人士的报告——不管那情报有多么重大的意义——是完全不予理会的。要想让散布在世界各国的优秀间谍搜集而来的情报发挥作用，作为间谍首脑的结城必须属于大日本帝国陆军，并且得是校官以上的高级军官，这是绝对条件。非陆军士官学校和陆军大学毕业的将校，在日本军队里根本闻所未闻。

可是，既然如此，为什么陆军士官学校和陆军大学的学籍册上找不到"结城"的名字？

还有其他的疑问。

普莱斯在调查过程中，追究起了结城中校设立的间谍培训机构被通称为"D机关"的原因。

为什么是"D"呢？

目光追逐着袅袅升腾的烟气，普莱斯任由思索自由延展。

通称之中，应该是有什么特别含义的。

从性质上说，各国间谍机构的正式名称里，大多包含有秘密情报和军事情报，或者战略、国防、安保、作战、教育、培训、谍报之类的字眼。但，不止日语，就算换成英语、德语、法语等其他主要语种，以D开头的词汇都不适用。这样的话，为什么会使用"D"这个通称呢。

脑海的一角，浮现出了在调查过程中偶然听到的一个词。

魔王。

据说周围的人都把结城叫作"魔王"，对他心怀恐惧。

这类组织有时会以组织者的名字或者通称来指代。那么，"D"就是结城的通称——来自于英语demon，或者dangerous、darkness等词的首字母[①]？

普莱斯绞尽脑汁。

怎么都说不太通。

并没有确切的证据，只是常年在海外从事记者工作的直觉告诉他，"D"这个通称似乎应该有其他的理由……

"哎，阿娜答，亲爱的，现在你可有点儿时间吗？"

背后响起说话声，普莱斯回过头去，妻子埃伦正站在门口，微微侧着脑袋。

埃伦是比利时人，二十九岁，以白人的标准来说，算是体态娇小的类型。普莱斯初次见到她时，她在一家日本百货店里做售货员，那以后普莱斯展开猛烈攻势，大概一年半以前两人结了婚。由于岁数差得比较远，结婚以后普莱斯也相当宠溺妻子。

[①] 这三个词的意思分别是"恶魔""危险"和"黑暗"。

通常在工作中被人出声打断他都会很不愉快，但只有对埃伦是例外。

普莱斯微笑起来，表情温柔地招招手。埃伦来到他身边，在榻榻米上弯起修长的腿坐了下来。

"以前曾经多蒙他关照的棚桥先生那里写来了明信片，说是'搬家到了三十了'……这算是怎么意思啊？"

搬家到了三十？

瞟了一眼埃伦放在桌上的明信片，普莱斯不由得笑出了声：

"埃伦，棚桥先生不是'搬家到了三十'，而是搬到了叫作'三重'的地方——读作 MI.E。"①

被指出读错了字，埃伦露出想不通的表情。为何不是'三十'，而要读成'MI.E'嘛？怎么才会晓得那种事情啊？好不容易学了汉字，可是都没用处。说着还嘟起了嘴。这么说起来，前两天才刚刚教了她"二重"这个汉字词汇的意思和读音来着。

"日本的汉字有着好多种读法。"普莱斯苦笑着，耐心地向妻子解释，"根据上下文的情况读音会有变化。没有很明确的规则，但是日本人都能下意识地区别出读音……"

说到这里，他忽然吃了一惊，闭起了嘴。

脑海中瞬间闪过了什么东西，是之前从未想到过的可能性。可是，不会真是那样吧……

普莱斯回头去看桌上摊开的名册。接着，看都不看一旁愕然不已的埃伦，全神贯注地开始重新检查起学籍册上记录的名字。

---

①日语中的汉字有着多音特点，"三重"的"三"可以读成"san"，也可以读成"mi"，"重"可以读成"juu"或者"e"，视前后文的组合而定。埃伦在这里是把两个字分开读成了"san-juu"，和"三十"同音。

4

几天以后——

普莱斯拜访了住在东京郊外的一位老人。

面积不大,但是收拾得整整齐齐的日式房屋。确认过门外的名牌上写着"里村",普莱斯朝着拉门里面出声招呼。

出来应门的,是位小个子的慈祥老人。

"让您久等了。您看我是一个人住着的,所以也没什么拿得出手的招待,就请宽坐吧。"

屋子的主人里村老人说着,把普莱斯迎到了里面的客厅,亲手泡了茶端给他喝。在榻榻米上端正跪坐的普莱斯内心极其感动地望着在自己面前坐下的老人。

老人应该已经过了八十岁,但精神依然矍铄。

不过,让他感动的并不是这一点。

诚然,他事前已经打过招呼说要来拜访,但在当前的日本,外国人是稀有的存在。而且,街头巷尾都洋溢着排英的氛围。在这种时候,里村老人对于英国报社记者普莱斯的来访没有露出一点点不安的样子。

不过,他若是大惊小怪起来反倒就奇怪了。

里村老人曾经常年在日本贵族有崎子爵的宅邸中担任管家,习惯外国访客也是很自然的吧。再说,就当他是在华族①宅邸中常年担任管家期间养成了不让情绪外露的习惯,也没什么奇怪的。

---

① 是日本明治二年(1869)授予以往的公爵、诸侯的族称。明治十七年颁布的《华族令》规定公、侯、伯、子、男五等爵位,对国家有贡献者也予列入,成为有特权的社会身份。昭和二十二年(1947)废止。

像是看出了普莱斯的观察已经告一段落，老人率先开口了。

"想就已经亡故的有崎子爵大人生前的风貌进行采访——您之前是这么说的吧？"

普莱斯把茶碗放到桌上，缓缓颔首。

有崎直哉子爵。

明治新政府成立时，其功绩得到认可而成为新华族，是所谓"出身武家的功勋华族"之一。

在新政府治下，落籍于陆军，后来为学习军制，受派遣去欧洲求学数年。

回国后过了几年从陆军退役，退役时的军衔为少将。

在他年轻时妻子就已去世，后来没有再婚，也没有听从周围人的劝说领一个养子。

死后，根据他的遗言，爵位还给国家。有崎子爵的家族自此断绝。

普莱斯拿出笔记本，在向里村老人提问之前，确认了一遍调查的内容。

那其中也包含了"极其优秀，但为人相当奇怪"这样的传言。

来之前，他向里村老人是这样说的："在欧洲，曾经和有崎子爵深交过的那些英国人中间，近年来怀念他的声浪很高。所以我想了解一下子爵回国以后的生活状况，写成报道刊登在我国的报纸上。"

煞有介事地听取了关于回国后的有崎子爵的往事、又饶有兴致地插话提问一番之后，普莱斯的目光仍然落在笔记本上，以一种**顺便说起**的口吻切入了正题。

"在调查过程中我听到一个有趣的传闻。好像是说，过世的有崎子爵有一个私生子……"

说着抬起眼来，里村老人正笑眯眯地歪着脑袋，像是已经看清了话题的方向。

"有证言说，宅子里教养了一个孩子好几年。如果那孩子是有崎子爵的私生子，为什么不让他继承爵位呢？那样的话有崎子爵家族就不会绝后，您也可以在气派的大宅子里度过余生了不是吗？"

"您说的人，一定是晃少爷吧。"

"晃？那孩子的名字是晃吗？"

普莱斯说着，目光快速地掠过手边的笔记本。

  有崎晃？

上面是这么记着的，还带着问号。

不会错。到此为止都和调查到的情况一致。问题是——

"那孩子，究竟是什么人啊？"普莱斯抑制着内心的激动，一脸若无其事地问下去，"有崎子爵家绝嗣之后，他怎么样了？——现在在什么地方，过得怎么样，您能告诉我吗？"

里村老人瞬间严厉地眯起了眼。普莱斯正想对方是不是会怀疑自己为何要问这样的事情，可意外的是，老人却笑了笑，开始讲述起来。

当时，有崎子爵的宅邸是在目白①，那个孩子被带来的时候，是明治二十九年一个寒冷的冬日。子爵原本是说"军队有点事情我出

---

① 地名，位于东京丰岛区南部，由于区内有目白不动明王（江户五大不动明王之一），因而得名。

去一下",结果却牵着一个小孩的手回来了。

"今天开始,这里就是你的家。"

我去玄关迎接的时候,子爵是这样跟那孩子说的。

里村当时四十多岁,刚开始在宅子里担任管家。他不知道要如何应对才好,正在惊讶不已的当口,子爵笑了笑把小孩的手交给了里村。

"总之,先带他去洗个澡吧。"

说着,已经好像什么事都没发生过的一样迈步走开了。"然后再给他换身衣服,这么脏兮兮的,都不能坐在一起吃饭啊。"

里村回过头来,这才刚刚注意到孩子全身上下脏得不成样子。但与此同时,这衣衫褴褛处处打着补丁又沾满了泥污的孩子,脸上却流露出几分毅然坚定、称得上是贵族气质的神情。

里村困惑地弯下腰,目光平视小孩,问他:"你叫什么名字?"

——晃。

孩子简短地回答,随后不管再问他什么都紧紧地闭着嘴,只是一声不吭地注视着前方。

从那天开始,宅邸里过起了以这孩子为中心的奇特生活。

年轻时妻子亡故以后,有崎子爵就一直独自生活在这座宽敞的宅子里,有用人给他打点生活。

有崎子爵的个子很高,体格健壮,他的五官不像日本人,有着清晰深邃的轮廓,性情豪放磊落。另一方面,他对世事总是一副冷眼斜视的嘲讽态度,或许因为这样,极得女人喜欢。据说在被陆军派去国外的时候,就和**那边的女性**之间不时传出各种艳闻。回国以后也经常在新桥一带放恣冶游。

这样的子爵忽然有一天牵着个小孩子的手带回宅邸,是把跟外面艺伎生下的孩子认领回来了吧。很自然地，周围的人都这么猜测。

但是，不管谁来问，子爵都只是笑眯眯地听，一点儿没打算吐露详情。

另一方面，浑身脏兮兮被带来的小孩在洗过澡之后，又被换上了一身像样的衣服，顿时就判若两人，到宅邸来拜访的外人都会误以为他是哪家的少爷。因为年纪还小，线条纤细，但五官轮廓鲜明得不像日本人，与子爵倒是有几分相像。

晃少爷。

对这个被带来的孩子，周围的人们方便起见都这样叫他。

文件方面在必要的时候记作"有崎晃"。但在户籍上，晃并没有登记到有崎子爵的籍下。

有崎子爵没有可以继承爵位的孩子。周围人自然都认为他是打算把（不知道从哪里领回来的）晃收为养子的。可是不管大家怎么劝说，子爵都没想要去办理把晃变为养子的户籍手续。他也不说理由，只是笑嘻嘻地顾左右而言他。子爵的态度让周围的人都困惑不已。"晃少爷其实是皇室的私生子"，或者"陆军时代的亲密友人拜托给他的孩子"，人们窃窃私语着诸如此类的传言，但是真是假都无从确认。

不管背后有着怎样的原委，那之后子爵对教育这个孩子所展示出来的热情让周围的人都惊呆了。不同国籍、不同人种的各个门类的家庭教师络绎不绝地被请来宅邸，安排他们教育年幼的晃。

同时，晃展示出来的学习能力也足以让周围的人再度瞪大眼睛。

比如作为教育主管兼语言老师被请来宅邸的英国人海兹女士。对于年幼的晃，她显示出了几乎如同是恋爱一样的狂热。海兹女士教给晃的英式礼仪，还有她所说的英语，都被晃以干砂吞噬水分一般的效率迅速掌握了。那孩子身上有着学习语言的天才能力。海兹女士双颊通红地向子爵这样报告。一年后，在海兹女士的英语之外，请来了别的家庭教师教授法语和德语，再下一年，又加上了中文和俄语。不止是语言学，还有数学、历史、物理、化学，宅子里陆陆续续来了其他各个学科的专家，对晃展开教育。

家庭教师们无法教授的东西，就由子爵亲自出马。

晃八岁的时候，子爵常常在家庭教师授课结束以后，把晃叫到设在宽敞宅邸里的武道场去。不是那种戴着防护面具、用竹刀打来打去的**软绵绵**的练习。而是不戴任何护面护体，以木刀交锋的实战格斗术。子爵以只有在真正的战场上经历过殊死搏杀的人才会有的凛冽，用这种一步踏错就可能真的送命的危险练习不断地锤炼这孩子。一开始，晃的身体上经常布满瘀痕。也有时，会拖着脚一拐一拐，额头被划破鲜血喷涌。但，晃没有一次吐出示弱的话。

之后没过多久，有一天对练结束，子爵苦笑着叫来专职医生、要他给自己处理伤口的时候，晃出言宣布，这项练习至此终结。

在宅邸里进行的这些奇特的教育，一直持续到晃年满十三岁。

晃长成了一个五官端正、但如同能面①一样面无表情的少年，周围人完全不明白他在想些什么。

里村作为宅邸的管家，一直明里暗里照顾着晃的成长。而晃，也只有对里村才会敞开心扉，叫他"老爷子"，对他露出纯真的笑脸。

十三岁时，晃按着子爵的指示，参加了陆军幼年学校的考试。

结果，在所有考生中，他的成绩排名第一。

---

① 日本传统能乐的面具，其特点为呈现中性的表情，即一个面具能适应喜怒哀乐各种表情。所谓"能面一样的脸"，就是指没有表情的面孔。

5

"'那么,老爷子,我稍微去一下哦。'……那一天,晃少爷看上去什么事都没有的跟我说了这么一句,之后就离开了宅邸。"

里村老人像在回忆当时情形一般,眯起了眼睛说道:"啊,他一定会成为了不起的军人,我是这么想的。毕竟,晃少爷有着万事不动声色的非同一般的胆量,还有着能够一眼看穿事物背后真相的洞察力。不,这绝不是出于我的偏心,那些被请来宅邸担任家庭教师的有学问的先生,全都是这么说的。'这孩子将来一定会出人头地。若是从军,可以上升到顶成为元帅吧。'可是,没想到竟会发生那种事……"

里村老人的面色突然阴沉下来,之后,一下子就闭嘴不说话了。

普莱斯急不可耐地接口道:"根据记录,'有崎晃'在陆军幼年学校二年级的时候退了学。他身上到底发生了什么事?"

里村老人皱起眉,好似很诧异地望着普莱斯说:"您是要调查晃少爷的事情吗?我还以为,您只是要采访关于亡故的有崎子爵的情况……"

"不,并不是要调查他……是想着可以写成关于有崎子爵在日生活的有趣的补充报道……"

普莱斯语无伦次地回答。他敷衍着自己的失言,急忙忙地又补上一句,"拜托请继续说下去吧。"

——予以有崎晃退学处分。

收到陆军幼年学校发来的退学通知书时,有崎子爵瞥了一眼内容,只是轻轻地哼笑了下而已。对于通知书上"遣人将其接回"的要求,也只说了句"不管它",根本没打算要过问详情。听那语气,就好像这种事早已在他预料之中。

可是对里村而言,却不能就这样放任不管。

结果是他主动提出,自己去把晃领回来。

去到了学校,直接从校长那里听说事情的原委,里村还以为自己听错了。

退学的原因说是学生之间斗殴。

说是十五岁了,其实也不过就是小孩子之间的吵闹。因为这种事情就要一个个退学,学校里不就要没有学生了吗?

小心翼翼地提出这个疑问,校长捻着恺撒式的长须,神情泰然地回答说:

此次退学处分的只有晃君一人。跟他打架的四个人也都受到了禁闭处分,这一点上请不必担心。

里村这一回是真的无语了。

一对四的斗殴。

对方四人受到处罚的话还能理解。可为什么只有晃少爷被退学,对方的四个人却是禁闭?

他板了脸追问下去,校长皱着眉,很不情愿地向他解释了详细情况。

事情发生在三天前的傍晚。

一名教官在进行校内巡查的时候听到喧哗声,冲到武道场后面,发现有四名学员翻着白眼,倒在地上呻吟。然后,在他们的旁边,据说少年晃满身是血地站在那里,神情极其冷漠。

"沾在脸上的是他自己的血。胳膊还有胸前等好几个地方负了伤,总之看起来像是打架的对手掏出了刀子刺伤的。"

校长说到这里,里村不由得就要站起身来,校长单手举起,示意他先别急,然后继续说下去。

"说是刀子,其实是钝刀啦。晃君的伤处都没什么大碍,擦伤程度而已。真正问题严重的反倒是对方那四位学员。"

遭到四人围殴的晃,先用手中暗藏的沙子迷了他们的眼,然后冲着对手的要害——最要命的地方——痛下狠手。那四个人,据说现在都还躺在床上爬不起来。

"所以您的意思是,晃少爷因为打架太厉害而被退学?"

"不是厉害不厉害的问题。现在说的是军人的精神。"校长不愉快地皱起了眉头,"都是小孩子,打架,完全没问题。俗话也说不打不成交,好些人就是因为打架而成为莫逆好友的对吧?可是,那说的也是在堂堂正正对决的情况下。藏着沙子弄迷对方的眼睛,然后还要攻击要害?实在太卑鄙了!那不是军人该有的做法!我校培养的是心怀戒惧诚惶诚恐侍奉天皇陛下的军人。精神卑劣的人不配做我校的学生——事情就是这样。"

校长室的门打开,晃出现在门口。他的两只衣袖卷起,胳膊上贴了好些处止血贴。

"你把他带回去吧。"校长挥挥手,像要赶走什么脏东西似的。

在返回目白宅邸的途中,晃的神情平和得让人奇怪。虽然沉默不语,不过他向来也就是这样。倒是里村,不知道要怎么开口才好,一直欲言又止,然后忽然想到了一件事,问道:"晃少爷,我给您的刀您还带着吗?"

"问得好奇怪啊,老爷子。当然带着啦。"

说着,晃动作迅敏地从胸前口袋里拿出把折叠刀。刀柄上镶嵌着精致的螺钿,是晃在陆军幼年学校入学的时候,里村送给他的纪念品。

晃拿着刀在手中一甩，锋利的刀刃反射出阳光，锐芒闪烁。

"就像这样，我从不离身的。"

"那既然带着它，"里村叹息着，问道，"被四个学生围住的时候，怎么不拿出来呢。"

如果晃拿出这把刀，就算不真的用它，对方可能也会心生畏惧，就此罢手吧。对方有四个人，而且还先亮了刀。卑鄙这种说法根本就不对。

晃又甩了下刀，变魔术一样娴熟地把刀刃收了起来。然后，薄薄的唇边浮起一丝微笑，说道："老爷子你不明白的，他们这帮家伙有个特点，一对一的时候先不去说，人多结成伙了不知怎么就会突然变得不怕死。那个学校里就是这样教育人的。如果我把刀拿出来，肯定就会有人死掉吧。**杀人是最糟糕的选择。当然自己死掉也是一样啦**，所以我干脆就空手迎战了。"

6

——从陆军幼年学校退学以后，有崎晃去了英国留学。

在打字机上敲下了这样一行文字，普莱斯意识到香烟灭了，于是停下手来。

从烟盒里取出新的一支烟，点上火。

吸了一口，环顾四周，不知什么时候已经一个人都不剩了。

墙上的挂钟显示现在已经过了凌晨三点。

大家自然都回家了。

普莱斯苦笑起来，扫视着乱糟糟堆满了各种便条笔记的桌面。

他在整理从里村老人那里听来的信息和其他资料，不知不觉就到了这个时候。

忘记跟家里说一声了。

又要被埃伦骂了吧。

脑海中浮现起妻子发火的面孔，普莱斯不由得缩了缩肩膀。虽然埃伦身形娇小，却意外地有着强势的一面。这次又要被怎么数落了啊，只是想想，就心情郁闷。

不过，现在不是担心那个的时候。

普莱斯叼着烟，视线转向正在撰写的报告，心满意足地眯起了眼。

日本帝国陆军内部秘密设立的谜一般的间谍培训机构，通称"D机关"。

聚合起一群军队以外的人，将之培养成间谍，这在日本军队中几乎是不可想象的。"打破成规"的非常态间谍机构。事实上，据说就在此刻，这一瞬间，D机关的成员们也在盗取着各国的秘密情报，再以匪夷所思的方法把这些情报带回日本——

在轻视情报战略、对间谍的存在根本不屑提及的日本陆军里，有一个男人，单枪匹马地进行着肉眼看不见的情报战。

结城中校。

关于这个人，目前所知的信息就只有这一条。不，就连结城这个姓氏，还有中校这个军衔，都并不确定。

Fnu Nmi Lnu.

First name unknown. No middle initial. Last name unknown.①

---

①意思是姓氏不详，无中间名字开头缩写，名字不详。归结而言，就是"无名氏"。

据说这是对间谍而言最高评价的墓志铭。

若当真如此，还真是可怜啊。

普莱斯把燃着的香烟按在烟灰缸里，笑了一下。

拿起已经打完的报告书，小心地用手掸去薄薄地落在上面的烟灰。

翻动纸页，再一次确认要点。

有崎晃被日本帝国陆军幼年学校退学后，去了英国留学。

那之后他的情况如何，详情不得而知。

只是，每半年一次，会有给里村老人的明信片寄来。

字句都是冷冷淡淡的千篇一律。

但是，从邮戳上可以知道，这些明信片是从伦敦、巴黎、比利时、开罗、伊斯坦布尔等世界各个地方寄出来的。

他只在一九一二年回过一次日本。

是为了参加有崎子爵的葬礼——子爵死于明治天皇之后，像是追随天皇而去一样。

睽违数年出现在里村眼前的晃，长成了一名身量高挑的青年。二十二岁。五官深邃端正，被太阳晒得黝黑。那简直可以形容为枯瘦的纤细身材，让人想起磨砺锋锐的刀。

身穿英式做工的黑色西服，晃的身姿在葬仪上引起了到场女士们的关注。那个年轻人是谁啊？场下到处都有着这样的窃窃私语。可是，应该没人能答得上来。一件奇特的事情是，随着晃的成长，从他身上几乎再也感觉不到和有崎子爵相像的地方。而对里村这样从小就认识自己的少数几人，晃亲自下令不许泄露他和子爵之间的关系。

葬礼过后，按照子爵的遗嘱，晃把宅邸卖了，得来的钱大多分给了用人，剩下的就捐给慈善团体。

晃应得的部分一点儿没有。

有崎子爵为什么会在遗嘱中指定晃作为遗嘱执行人，与此同时却只字不提他应该继承的财产呢。

干净利索地把有崎子爵的家产处理完毕之后，晃来拜会了里村。

"老爷子，一直以来，多蒙您的关照啦。"晃说，他打算乘当晚的船回到欧洲。

"今后您有什么打算吗？"里村小心翼翼地询问。他已经获得了就算早早退休也可以衣食无忧的财物，可是晃从现在开始就是孤身一人了，身无分文可怎么办呢。说来冒昧，不过能允许我稍稍援助一些吗？对于里村这样的建议，晃当即付之一笑：

"我已经不是小孩子了。自己的事情自己总能解决啦。"

"可是晃少爷，虽然是这么说……"里村越发期期艾艾起来，晃从回国以来就一直冰冷的面色略微缓和了一点儿，嘴角边浮起一个讽刺的笑意，说出了这样的话：

"老爷子，我在那边出人头地了呢，所以不用担心。"

在那边？出人头地？

虽然不明白什么意思，但里村的眼睛亮了。接着，晃弯下腰，脸颊贴近里村的耳边，小声说道："周围的人，全部都称呼我为'公爵'。"

普莱斯把手中的报告扔到桌上，靠进了椅背，双手交叉枕在脑后。

不会错了。

普莱斯感谢神恩，让自己幸运地发现了"特讯"。

注意到那件事纯粹是出于偶然。

契机是妻子埃伦的读音错误。

看着用日语书写的明信片，埃伦读的是"搬家到了三十"。这么一来意思是说不通的。其实应该是"搬家到了三重"。

本来三重的确可以读作ＳＡＮＪＵＵ，但在这里却应该读成ＭＩ.Ｅ……

在对埃伦进行解释的时候，他蓦然间恍然大悟。

结城中校独自一人统帅着特异的间谍组织"Ｄ机关"。他是校官以上的高级军官，这不会错。既然这样，从前就一定应该在陆军幼年学校和陆军士官学校或者陆军大学有学籍。可是尽管如此，不论怎么检查学籍册，都找不到"结城"的名字——

总感觉好像是被蒙蔽了，会不会其实真的在名册里看见了他的名字，但却疏忽过去了？

汉字有着好几种不同的读法。那么反过来，**也有着读音相同但写法不同的情况**。

留心着这一点，普莱斯再一次从头开始核查对应的学籍册。然后，他看到了。

以第一名的成绩被陆军幼年学校录取却在第二年就被退学的，有崎晃的名字。

"有崎"，ＡＲＩＳＡＫＩ，可以**改变读法**，成为ＹＵＵＫＩ，"结城"。

眼下还驻留在日本的外国记者中注意到这件事情的，恐怕就只有普莱斯一人了吧。不，这么说起来，对日本人而言，改变姓氏汉字的读法反而是盲点，所以才意识不到不是吗。这是只有身为外国人却能使用"阿龍"二字作为签名的、普莱斯这样的日本通才可能注意到的"特讯"。

不过，如果仅仅只有这些，还只是单纯的间接证据。

于是普莱斯把目标瞄准了最熟悉有崎晃的人，也就是曾经在有崎子爵家做了许多年管家的里村老人。他打算以了解亡故的有崎子爵的情况为名去接近老人，然后借机打听出有关有崎晃的个人信息。

结果——

从里村老人那里听来的有崎晃的逸事，正是普莱斯想象中结城中校小时候的样子。有着身为明治新政府拥立功臣又是陆军少将的有崎子爵的门路，他步入军人生涯应该毫无困难。而明明是高级军官，名字却没有列在士官学校和陆军大学的学籍册上，其原因也大致有了解释。

普莱斯差不多在中途就已确定，这次的采访是"对路"的。

起到决定因素的，是有崎子爵葬礼时，临时回国的晃悄悄告诉里村老人的那句话。

"周围的人，全部都称呼我为'公爵'。"

里村老人最后披露的这句话传入耳中的时候，普莱斯的脑海里瞬间仿若地动山摇。那之后，他居然能设法装着平静的样子告辞里村老人的住所，连自己都觉得干得太漂亮了……

普莱斯靠在椅背上，眯起了眼睛注视着袅袅升腾的烟气。

公爵。

英语是"duke"。

首字母D。

——连起来了。

这一次，是真正发自内心地确信了。

长年在远东担任特派员的作为报社记者的直觉。还不止如此。

里村老人的客厅里，挂着一幅老旧的集体照。

普莱斯提出想看一下，里村老人告诉他，在这张已经变色成深棕色的照片上，角落里小小的那个人就是刚去英国留学没多久时候的晃。一起拍照的少年们身上穿的是伊顿公学的制服。看来有崎子爵是把被日本陆军幼年学校退学的晃送进了英国著名的公立学校。

面孔凑近着观看完全变了色的照片，普莱斯的视线忽然被站在晃身后的一个人吸引了。

再重新看了一眼，意识到那一事实的普莱斯几乎忍不住惊讶出声。

虽然化了装戴着黑色的假胡须，可是不会有错。

在少年晃的背后以保护人的姿态站立着的，胖乎乎的大块头男人，是曼斯菲尔德·卡明海军上校。人们都称他为"C"。

英国秘密情报部，也就是军情六处的首任长官。

"C"的通称，源于他签名的时候总是用绿色墨水单签一个首字母。

作为军情六处的首任长官，卡明致力于整备充实对情报活动不可或缺的密码、手枪、刀具、照相机、隐形墨水等谍报用特殊器具，以及情报员随身携带的无线通讯机器等一般装备。毫不夸张地说，英国得以在当今世界秘密开展的情报战中占据先发优势，卡明功不可没。

有崎子爵竟然是拜托了卡明作为少年晃在英国的监护人。

虽然只是想象，不过"C"是看出了晃的资质，于是把他引入自己麾下，进行了作为间谍的培训吧。若是这样，有崎晃就是直接接受了英国传说中的间谍头子的训练。写给里村老人的明信片来自于世界各地，理由也能说得通了——

正因为当时日本和英国的关系良好，这种情况才有可能。

虽然并不清楚去世的有崎子爵和"C"是什么关系，不过，也许是子爵当年被明治政府派去欧洲的时候，因为彼此都是超出同侪的军人，所以有过一些什么接触……

坐在空无一人的办公室里，普莱斯思考着历史的讽刺性。

如今日本和英国变成了敌对方。结城统领着日本的间谍组织，而英国人普莱斯追逐着他的过去。

普莱斯哎哎地叹息着，摇头。历史的讽刺啊，还真是的。再次环视一下四周，确认没有一个人在，普莱斯自言自语道。

——真没想到，我们竟然是同一个人训练出来的间谍呢。

7

受到招募，是作为报社特派员在孟买分社工作时的事情。

那次临时回国的时候，普莱斯突然接到英国外交部的传召。

去到了指定前往的伦敦办事处，等待他的是身穿制服的现役海军上校。完全摸不着头脑地，普莱斯受到了严厉的质询。到了最后，对方忽然露出一个无比温和的笑容，把手伸向普莱斯，说道："欢迎来到军情六处。"

后来才知道，对方是军情六处的长官，通称"C"。

普莱斯暂时从报社辞了职（理由是"股市里发了大财"），在"C"手下接受间谍训练。一年后，普莱斯又回到报社（理由是"股市里的钱赔光了"），作为远东特派员被派到了香港。

那之后，他表面上是报社的记者，暗地里则作为间谍，奔走于远东地域。

来到日本，也是因为日英同盟破裂以后，两国外交关系急剧恶化，军情六处急欲获得日本的最新情报。

普莱斯喜欢日本这个国家是真的。干净的街道，认真又亲切的人们，温和的笑脸。他甚至想过退休以后就这样永远在日本生活下去。

可是，对于热爱十年前的日本的普莱斯而言，现在的日本，的的确确就只是"敌国"。

普莱斯作为报社记者，从刚到日本的时候开始，就陆续把善意呈现日本的报道发回国内。因为这个缘故，那些讨厌日本的英国人就说，"普莱斯是日本的走狗"。普莱斯写的报道在送回国内之前都要先递交给日方的官员，接受审查。凡是受到指摘的地方他全都毫无怨言地重新写过。因为这样，在日本的政府和官员眼中，普莱斯被视作"亲日记者"，跟其他的外国记者相比，他所受到的监视也多少宽松一些。

所有这些，都是为了便于开展暗地里的间谍活动。

在这十年间，普莱斯在日本国内秘密地发展起了独立的情报网。从港口操作员到财阀秘书，乃至宫中的女官。

从这些他称之为"资产"的线人手中收集来情报，再以不同于新闻报道的方法不断送回英国。普莱斯身为军情六处间谍的这件事，就连驻日英国大使应该都不知道。

迄今为止，普莱斯已经成功地把日军的编制、配置、转移、中国战线上的陆军作战、海军舰队行动计划、日本国内舆论、乃至少数派言论等各类情报秘密地送到了英国。

只是，这次的"特讯"——结城中校的过去——是解开日本陆军间谍机构重重谜团的唯一的突破口。和此前那些**鸡毛蒜皮**的情报成果相比，有着完全不可同日而语的意义——

想到这里，普莱斯皱起了眉。

有一件事让他很在意。

按照目前为止的感觉，自己的调查大致没有错。

有崎晃就是结城中校。

但是，在做出这个结论之前，还必须确认一件事——有崎晃的现在。

他现在身处何地，在做什么事情？

他婉转提出这个问题的时候，里村老人的态度突然变了。说起少年时代的晃时，老人的表情充满怀念，有着发自内心的喜悦，但一触及现在的话题，他突然沉默寡言起来。他的态度显得坐立不安，视线游移着，表情僵硬。

很明显，老人在隐藏着什么。普莱斯以不至遭到拒绝的程度迂回地提着问题，然后从对方含糊的回答中得出了好几条有可能是事实的推测。

一、里村老人这么多年来都没有跟晃交谈过。

二、另一方面，老人最近看见了晃。

三、现在的晃，跟从前相比判若两人。

四、他发生变化，是在欧洲发生的上一次世界大战的末期。在德国发生了什么事？

到这里就是极限了。

对于晃的现状，里村老人始终含糊其辞，一点儿没打算清楚作答。

大概是被下了封口令吧。这样的话——

只能逆向进攻了。

普莱斯暂且回到了自己家，再一次打开带回来的报告书。

有崎晃去英国留学是在一九零六年。

英国秘密情报部从陆军情报处分离出来、作为间谍机构独立运作是在一九零九年。

据说担任首任部门长官的卡明海军上校在间谍的人选与培训、使用方面贯彻的是其个人主张，其他人一概不得置喙。

在黎明期的军情六处里，是不是有过一个感觉像晃的东方人呢？

遗憾的是，卡明上校已经亡故。

只能直接去问军情六处的总部了。反过来说，如果这一点无法得到确认，好不容易才发现的特别秘密也很容易就变成空中楼阁。

要是通过普莱斯平时用的渠道，查询的时间太久了。

若是拜托驻日大使，使用外交包裹，时间倒是能缩短，可是原本大使并不知道他的真实身份。他希望能尽量避免与大使接触。

——要做吗？

普莱斯下定了决心，目光投向放在壁龛上的老式收音机。

伪装成了收音机，但其实是由军情六处配发的高性能无线发报机。其机能是以特殊频率发出电报，证明发报人的间谍身份，让接收的一方直接采取行动。若是平常使用可能会被日本方面侦测到，所以只允许在特殊情况下启用。

外国记者全都处在日本官员的监视之下。尽管如此，他们应该也不会在家中有人的时候贸然闯入。若是那么做了就会发展成外交问题（不过，家中无人的时候倒是来过好几次了）。虽然说日英关系已经恶化，可目前并非处于战争状态。只要没有明确的证据，"亲日记者"普莱斯遭遇突然入室搜查的可能性是相当低的。

深夜。

等到埃伦已经睡熟，普莱斯悄悄地溜下床，开始工作。

用螺丝刀拧下螺丝，打开收音机外侧的铁制盖子。然后，在一个不起眼的地方，这次是**反向旋转**的螺丝。然后再把袒露出来的线路，用尖头的收音机钳子和夹子连接在一起。

至此只用了五分钟。

使用临时制成的特殊发报机,发出事先编好的密码电文,然后把收音机恢复原状,再若无其事地钻回埃伦身边。

全部加在一起应该不超过三十分钟。风险小到无限。

事情本该是这样的。

普莱斯刚开始发送密码电文,后门那里传来了喧嚷声。

听到埃伦的惊叫,普莱斯回过头去,宪兵队已经穿着鞋子踏进了房间。

身穿制服的男人们很快就占领了家中各处,他们的身后,像是队长的人物慢吞吞地走了出来。

他眼神锐利地瞥了一眼茫然的普莱斯和桌上的发报机,面无表情地回头,命令部下:

"间谍行为的现行犯。逮捕他!"

8

为什么会变成这样的?

普莱斯心底一片迷茫,耳边吵吵嚷嚷的刺耳日语听起来显得极其遥远。

放在桌上的双手戴着结实的钢铁手铐。

为什么?为什么会变成这样……究竟是哪里出错了?

找不到答案的疑问,一直在脑海中翻滚不停。

在此之前,他也曾多次遇到过危机。有时候是在禁止采访取材的基地周边受到盘问。每次碰到这种情况,普莱斯就随便找个什么理由含混地糊弄过去（"在电车上迷迷糊糊睡着了，醒来的时候已经到了终点，对不起啊"）。有时候还自己主动交出照相机，当着盘问者的面把带着的便笺之类全部撕掉。当然了，所有这些都是伪装，是为了掩护实际上的间谍工作。他在平时就因为按着日本政府的意向写报道而被视为"亲日派"，在日本的外务省里也有不少朋友。若只是些小小的怀疑，通过他们的调停，当作是"误会了什么"就解决掉也是可能的吧。可是——

这次是抓了现行。

伪装成收音机的特殊发报机，甚至连正在发报的密码电文这种铁证都被抓到了。不管什么借口都不会有用的样子……

恶名昭著的日本宪兵队的审讯跟传言的一样，极其残酷。

每次一说出否认的话，耳边就会响起怒吼，然后椅子被踢翻，人摔倒在地板上。审讯者一个个地轮番进来，自己得不到一点点的休息。

与其说审讯，这其实已经是拷问了。

没有用拳头和竹刀直接殴打，是因为普莱斯是外国人吧。摔倒在地板上弄出外伤，事后就算出了问题，也可以声称是他"自己摔倒的"。

和外部的接触被完全隔绝了。

在连续不断的讯问中好几次像要昏迷过去，但普莱斯在拼命地动着脑筋。

宪兵队在那个时间点闯进家里，肯定是因为得到了高度准确的情报。

有人在监视普莱斯的行动。

能想得到的对手，就只有一个。

结城中校。

本该是普莱斯正在追踪的人物。是在什么地方两人转换了立场？

耳边响起了暌违十多年的"C"的话语。

——机灵的野兽发现有人在追踪自己时，会把猎人引上死路。

"C"超级喜欢格言，这是他平时爱用的一个比喻。结城是机灵得可怕的野兽吗。这样的话……

猎人的死路。

那意味着什么？想到这里，普莱斯的汗毛都立了起来。

结城的目标，恐怕是普莱斯在日本收获的那些"资产"。从审讯者的话里话外可以窥知，似乎已经有曾经和普莱斯接触过的人陆续被宪兵队带走，受到了严厉的讯问。这样下去的话，普莱斯在这个国家里辛苦积累起来的东西全都要被抹杀了。无论如何都要设法，必须避免那种局面——

忽然，脸上感觉到了凉风，他抬起眼。

跃入眼帘的，是晃眼的晴空。

——对哦……已经是夏天了呢。

普莱斯呆呆地想着。

宪兵队总部，最高一层，五楼的审讯室。

通过大大敞开着的五楼窗户，外面的蝉鸣是如此聒噪。

果然，只剩那最后一条路了。

"烟，给我支烟好吗？"

他抬起头，对审问者说。

一直保持着沉默的普莱斯第一次主动开口，审讯的人瞬间露出了惊讶的表情。

"我投降了。我会全都说的。"

老老实实地说了这句话,对方松了口气的样子,递给他一盒CHERRY。普莱斯道了谢,抽出一支烟,点上火。

目光追逐着升腾的烟气,普莱斯满脑子讽刺的念头。到头来,什么都没剩下。跟这香烟一样。深深地吸了一口,却完全感觉不到味美。

再一次确认口袋中遗书的存在。

(我已经完了。在宪兵队得到了很好的招待。谢谢。)

折叠起来的便条纸上写着这样的字句。是瞅着空子,刚才用英语飞快写完的。

——只要有这个东西……以后总能有点用处吧。

普莱斯下定决心了。他从唇间取下已经变短的香烟,装出精神恍惚的样子,窥伺着周边的动静。

扔掉香烟同时踢开椅子站起来。距离窗户一步半。房间里包括审问者一共三人。不论哪个都没处在可以阻碍普莱斯突然行动的位置上。

屏住呼吸,正要开始行动。房间的门突然打开了。

身穿陆军军服的一名年轻男子走进了房间。他瞥了普莱斯一眼,随即毫不在意地走向审问者。被人抢占了先机,普莱斯一步也挪动不了。

年轻男子耳语了什么,审问者的表情变得惊讶。看到对方出示的文件之后,不情不愿地点了点头。

"你被释放了。"他转脸望向普莱斯,很不愉快地说道,"外面有人来保释你。"

释放?有人保释?

完全不明所以,普莱斯愣住了。打算要站起来,但或许是因为突然消除了紧张，身体好像瘫痪了一样动弹不得。

"你在干什么！还不赶快滚出去！"

审问者唾弃般地怒吼起来。

有胳膊从两胁下插进来，强行把他从椅子上架了起来。

回过头去，敞开着的窗户里望得见耀眼晴空。房门在背后关上，惹人心燥的蝉鸣声听不到了。

9

床上，干瘦憔悴的男人沉睡着。

听说这二十多年来，他一次都没有苏醒过，一直沉睡着。医生说，他以后再睁开眼睛的可能性微乎其微，几乎没有——

普莱斯一边听着解释一边盯着床上的男人，心头一片茫然。

不可能……不可能是这样的。竟然说这个人是他？若是这样的话，究竟，为什么……

就在身边紧挨着的地方，有人正说着话。

"是啊，今天是晴天呢。已经完全到夏天了啊。"

好像对方还有回应似的，认认真真地说着话、动作麻利地照顾着沉睡男人的这个人——

是他带着普莱斯来到了这里。

如同扫地出门似的被宪兵队总部释放，普莱斯认出了外面那个小个子老人的身影，不由得哑然。

因为说是保释人，原本预想肯定是英国大使，或至少也是妻子埃伦。里村老人为什么要为被宪兵队逮捕的普莱斯提供担保呢？

脸上挂着温和笑容的里村老人看到了普莱斯，急忙低头致礼，请他登上已经等在外面的车。之后，也没做什么解释，就直接把他带到了这座建在郊外小丘上的疗养院。

里村老人领着普莱斯走进建筑，以目光示意那个睡在床上的干瘦憔悴的男人，小声介绍：

"这是晃少爷。"

晃少爷？

普莱斯皱起了眉。

他是说，这个躺在床上睡着的干瘦男人是有崎晃？

怎么可能！

普莱斯下意识地摇头。有崎晃，**也就是结城中校**，现在应该是作为现役军人率领着 D 机关暗中策划间谍活动……

蓦然间，脑袋宛如遭了重击。

我弄错了吗？

有崎晃，他并不是结城中校。自己是在追逐一个根本不存在的幻影……然后因为这个，暴露了间谍身份，结果被宪兵队抓走了？

里村老人动作熟练地照顾着沉睡的男人，一边淡淡地讲起事情的原委。

上一次在欧洲发生的"世界大战"即将终结的时候，晃作为陆军观察员去视察战场，结果受到德军毒气战的波及，陷入昏迷。昏睡不醒的晃被搬上军舰，送回日本。可是，在那之后，陆军医院拒绝接收晃，理由是，他不是正式的**帝国军人**。另一方面，普通的民营医院则说是"没有先例"或者"处理不了"，拒绝为其治疗。曾经有个医生诊断过晃，摇着头说："脑部受创了，写死亡诊断书吧。"可是，对里村来说，晃始终是活生生的存在。他能够自己呼吸，也摸得到脉搏。身体还是热的。就只是没有醒过来而已。为什么要说他死掉了？

就在他抱着沉睡不醒的晃走投无路时，有一个人来拜访了里村。

——在欧洲时承蒙不弃，跟他关系很好。

男人做了这样的自我介绍，他的外表看起来和晃一般年纪，自己也用绷带吊着一条胳膊，半张脸上还带着新鲜的伤口。

男人的视线静静地注视着沉睡在床的晃，半晌，回过头来，向里村提出了一个建议——

"那位先生介绍给我的，就是这家疗养所。"

里村老人做完了一轮对沉睡男人的护理，轻轻地舒了口气，说道，"您已经看到了，这里是笃志先生家里经营的私人疗养所，一般不对外公开，而且，若是没有足够的钱财也进不来。每个月的治疗费应该不是个小数目——完全不是我这种人能负担得起的。"

介绍了疗养所的男人说，今后所有的费用他会支付。

面对惶恐不已的里村，男人提出的条件着实很是奇特。

一是，绝对不要问他的名字。然后，再一个就是——

"那位先生告诉了我，将来如果有谁来了解关于晃少爷的事情，我该说些什么——他告诉了我晃少爷的'新的过去'。"

里村老人咻咻地笑着继续说下去，

"那还真是够仔细的。所谓细致入微，肯定说的就是这种事儿吧。他要我一遍又一遍地反复背诵，直到把晃少爷'新的过去'完全记住。亏得这样，我现在已经牢牢地记着了，**甚至都已经分不清楚哪个才是真正发生过的晃少爷的过去。**"

仿若雾气慢慢散去，真相在普莱斯的眼前呈现开来。

结城设想着将来可能会有人追索自己的过去，于是采取了对策。

虽然不知道他到底是怎么做的，但是结城完全抹杀了自己的过去。然后以此为基础，把自己的过去作为诱饵，使其成为让敌方间谍现形的手段。每次留下一点点伪作的线索，故意让人有迹可追。把有崎（ARISAKI）换读成YUUKI（结城），让里村老人讲述伪造的有崎晃的过去——

追逐着野兽的痕迹，猎手逐渐地沉溺其中不顾一切，随后必然会出现空隙。

普莱斯自以为"能够把'有崎'改音读作'结城'的，只能是身为外国人同时又通晓日本汉字的特殊人物"。心思已经用了那么多，全神贯注地追逐着眼前的特讯，结果就放松了背后的警戒。

果真是机灵的野兽能够设下陷阱，让猎人去追踪伪造的痕迹，将之引上绝路。正和"C"说的一样。可是——

设下陷阱的时间是在二十多年前。让人心生恍惚的久远往日。结城从那个时候开始就已经预料到了将来可能出现的这种情况？然后启动了旨在迫使敌方间谍现形的陷阱？

不会有点奇怪吗？

最近，滞留在日本的外国人已经变得极少了。像结城这样的人，对于《泰晤士报》远东特派员普莱斯同时也是英国间谍的事情，应该用不着费这么大工夫也能查清楚的。不对，找出普莱斯并不是真正的目的。若是这样，究竟……

霍然一惊，伸手去摸口袋。

——中招了。

不知什么时候，口袋里的遗书消失不见了。

"我已经完了。在宪兵队得到了很好的招待。谢谢。"

在用英语飞快地写下了遗言的那张便条纸上，普莱斯以特殊墨水详细记录着他在日本国内组建起来的资源关系网、和他们的接触方式、代号称呼、确认安全的暗语等信息。

政界、财界、海军，乃至皇宫里，花十年时间组建起来的情报网，准确掌握全局的只有普莱斯一人。知道当地线人的人越少越好。间谍不会让任何人知道谁是自己的线人。这是保护线人安全的唯一办法。

可是，从深夜突然被捕以后，普莱斯和外界的联络被完全切断了。从记者的经验可以很轻易地想到，逮捕一事没有被公开。与此同时，他也不知道日本方面对他的线人掌握到了什么程度。必须要有谁去代替普莱斯警告那些线人。必须给他们机会隐藏证据，销声匿迹，或者逃亡去国外。

从审讯者的话里话外可以窥知，搜查的手已经伸向了线人们。

这样下去，不只是十年成果要毁于一旦。如果普莱斯组建起来的情报网大白于天下，日本国内隐蔽的亲英人士将会成为日本国民憎恶的对象，日英关系完全破裂。由于自己的过错，两国外交关系将会陷入无法挽回的态势。无论如何都要设法，必须避免那种局面——

留给普莱斯的办法，就只剩下一个。

写下遗书，然后自杀。

就算能够遮掩逮捕的事实，**死了人是隐瞒不掉的。**

负责审讯的宪兵队担心普莱斯的自杀发展成为外交上的麻烦，发现遗书以后应该会松一口气。"在宪兵队得到了很好的招待。谢谢。"他们肯定会把这作为"审讯中没有做错"的证据，急急忙忙把遗书送给英方。在那种时候，肯定是不会检查纸张的。

普莱斯的死讯一旦公布，军情六处会立刻出动。他们会从大使那里收回遗书，然后就会对那些用特殊墨水记录下来的日本线人，分别适当地发出建议或者警告了吧。在外交方面造成致命创伤的局面应该是得以避免了——

他基于这样的考虑而做出了决断。

可是，错了。

遭到逮捕的时候，日本方面对于普莱斯的情报网根本一无所知。普莱斯作为间谍，行动无懈可击，应该没那么容易就被抓住马脚的。

——无法轻易找到的东西，让藏起它的人自己拿出来就好了。

那也是"C"爱用的格言之一。

结城把情报告诉审问者，让他们略微透出些"我知道了"的口风，以此使得普莱斯疑神疑鬼。然后，他甚至预料到，普莱斯最终愿意以自己的死亡来交换，要这十年间的成果无论如何都能得以延续。但是那之后的情况就取决于间谍个人的性格了。秘密未必就一定放在身上。普莱斯的话，是碰巧用了"写下遗书的便笺纸"。

再接下去根本都用不着想了。

普莱斯正准备采取行动的那个瞬间，身穿军装的男人推开审讯室的门走进来。他大概是结城的部下吧。仅以眼神的动作就制止了普莱斯的行动，然后提交文件，让宪兵队放人。接着，把胳膊伸进普莱斯的腋下，架着他站起来的时候，从口袋里拿走了遗书。

普莱斯呼出一口憋在胸中的气，叹息着摇头。

整整十年，倾注了所有心血构建起来的日本情报网，"隐藏的亲英派"们，这么一来泄露得一干二净了。什么时候来上演一出一网打尽的好戏都不稀奇——

可是，不会变成那样的。

同样作为间谍，普莱斯准确地理解了结城的意图。

从今往后，他们也还是会像什么都没有发生过似的继续着日常生活吧。

证据就是，他没有让普莱斯在最后的关头自杀。**死了人是隐瞒不掉的。**若是让普莱斯自杀，就有可能因此发展成麻烦的外交问题。结城不想出现那种局面。既然这样，就应该避免在目前情况下把"隐藏的亲英派"一并逮捕，为日英关系引来不必要的风波。

忽然，脑海的一角里有什么东西给卡住了。

想来该是结城的那个男人在最初拜访里村老人时，自我介绍说"在欧洲时承蒙不弃，跟他关系很好"。会不会是，两人真的在什么地方有过接触？

普莱斯眯起了眼，但立刻就苦笑着把疑念驱逐出脑海。

就算那是事实，也不可能查出来了。

——暴露了身份的间谍，就如同死掉的狗一样，没有用了。

正如"C"喜欢的格言所说，暴露了身份的普莱斯，再也没剩下任何手段可以用于调查结城的过去。

里村老人正满怀怜爱之情为沉睡的晃按摩着双手，普莱斯冲着他的背影行了一礼，默默地离开了疗养所。

一走到户外，外面依然充溢着夏日强烈的日晒，像要刺破人的肌肤。普莱斯仰望天空，微微地眯起了眼。他取出香烟，点上火。漫步着走下小丘，一边迷茫茫地思索着。

虽然被释放了，但曾经以间谍嫌疑被捕。邻居也都看到了。都用不着等待被正式驱逐出境，在如今排英热情高涨的这个国家，想要跟从前一样安居是根本不用想了。

——没办法。总之先回到香港，弄一个别的身份来吧。然后……

盘算着下一个任务的普莱斯的脑海里，突如其来地浮现出了正在家中忧急等待的妻子埃伦的脸。

是吗，原来是这样啊——

普莱斯叼着香烟，嘴角歪了起来。

困扰的时候，若是最先想到的是伴侣的脸，就该洗手不干了。

"C"的确说过那样的话。

结城让普莱斯活着，释放了他。之后竟又通过里村老人袒露了意图，以此将普莱斯的自负摧残得体无完肤。他作为间谍，已经不得不引退了。

败北。

这两个字浮现在脑海中，似乎无论如何都消散不掉。

普莱斯停下脚步，仰望炫目的晴空。

埃伦的祖国比利时，现在正陷于和纳粹德国的战争。可是那也不会持续很久。"人类不会永远和平，也不会永远战争。"这句话，还是"C"钟爱的格言之一。

等这场战争结束，就和埃伦两个人去比利时生活吧。

听说那是个美丽的国家。

一定能度过美好的余生的。

普莱斯浮起自嘲的笑，用指尖把叼在嘴里的香烟远远地弹飞了。

代号"刻耳柏洛斯"

驾驶舱内呈现出地狱般的景象。

从紧挨着舷侧的超近距离上发射出来的几枚炮弹完全破坏了驾驶舱，使得之前在场的人们都呈现了极其可怖的惨状。

由于直接遭到炮轰，死伤者的大部分都肢体破碎。船长的半张脸被炸飞，倒伏在展开的海图上，死去了。靠坐在墙边、按着鲜血流淌的腹部呻吟着的是大副吧。地板上滚落着也不知是谁的，一条断裂的胳膊。

天花板和舱壁被破坏了一部分，露出蓝色的天空，崩塌的残垣断壁之下埋了些人，上半身都已被砸得稀烂，只有双脚还露在了外面。

火舌开始在四处升腾蔓延……

步入驾驶舱的指挥官瞥了一眼状况，微微地皱起眉。

稍微有点过分了吗？这个样子的话，或者——

"找到了！"

去检查船长室金库的一名部下兴奋地跑了过来，手里抱着的绿色皮包看上去沉甸甸的，侧面开着好几个小孔，实际分量比外表沉重是因为底面加入了铅的分量。若是把它丢进海里，一定很快就会像石头一样沉入深不可测的海底。

指挥官的脸上瞬间浮起一丝微笑。立刻又恢复了面无表情的样子,语气冷淡地命令部下:

"给船舱装上炸药,定量的两倍。快点儿!我们撤退以后,立刻让船沉了!"

"可是……活着的人怎么办?"

接到命令去安装炸药的部下盯着脚下,战战兢兢地发问。地板上,受了伤的人们正低声求救。

"活着的人?哪里有啊?"

脸上毫无血色的大副一直盯视着这边,两人的视线相遇了。但是,指挥官仿佛什么也没看到似的继续说了下去:"由于遭到炮击,我们登船的时候,已经全员死亡。什么证据都别留下——知道了吗?"

"啊……是的遵命!"

部下挺直脊背敬了个礼,逃跑般地飞奔而去。

"活着的人嘛……"

指挥官的口中低低地呢喃,轻轻摇了摇头,转过身。

片刻之后,船舱里响起钝钝的轰响。

两声,三声。

船体慢慢地倾斜,不久就被大海整个儿地吞噬了。

1

从刚刚起航就开始的暴风雨令人难以置信地停息了,一早起来,头顶上就是一望无际的耀眼晴空。

昨天夜里都还把船像片树叶似的随意摆弄的风暴终于平息下来,

海面上翻着层层叠叠的白色浪花,只留下一点点暴风雨的余韵。

离开旧金山以来的第六天。

"朱鹭丸号"绕过洋面上生成的强低气压带,行程比预定计划迟了一天,现航行在海面上。

全长一百七十八米,总吨数一万七千吨,最大速度二十一节[1]。

由于身姿优美也被称为"海上圣母"的朱鹭丸号,是大日本极为自豪的豪华客船。

四台引擎,并且采用了节省燃料的内燃机,划时代的经济船型。船上的特一等客房配置成日本客厅的纯和风样式,极其引人注目。与此同时,一等客房、走廊、休息厅、阅览室、吸烟室、餐厅等部位的内装委托了英国一流设计师,不惜工本地使用了英国古典样式的最高技术和装饰材料。此外,船上还配备了美容室、摄影暗室、健身房、游泳池甚至电影院等娱乐设施,取得了伦敦劳合社[2]的最高船级资格自然不用说了,其他诸如换气、供暖、通信、医疗卫生,几乎在所有方面都使用了最新技术,是货真价实的世界最高水准的客船。

临近中午,极目远眺的水平线上,远远地已经可以望见黑魆魆的山脊,和已经看腻了的云层成为鲜明对照。

夏威夷群岛。

旧金山与横滨之间以最短十二天能走完的太平洋航线上,火奴鲁鲁是唯一的中途停靠点。

午饭时候的一等舱餐厅里,船员宣布了预计的登陆时间,由于

---

[1] 节是表示船速的单位,一节为一小时前进一海里的航速。
[2] 即劳埃德保险社(Lloyd's),英国的私人保险业组织,起源于17世纪后半叶劳埃德经营的咖啡馆,从事海运、保险业的商人常在此聚谈、交易。

终于得以踏上久违了的坚实土地，作为提前的祝贺，打开香槟瓶塞的声音很快就此起彼伏地响起在各个角落。南国的阳光洒满了甲板，出航以来由于严重晕船而一直缩在舱室里的人们动作迅速地做着上岸的准备，兴奋激动得连动作都走形了。

一等舱甲板上交错四起的语声中，英语和日语各占一半。乘客的国籍和比例差不多也就是这样吧。其中，还有怀抱犬只的外国贵妇们的身影。

身穿雪白制服的汤浅船长出现在甲板上，指着海平面上岛屿的轮廓，向一等舱的客人们做起了介绍。

"您不过去看看吗？"

听到有人说话，内海脩抬起头来。

眼前，站着一个身穿制服的高个子——他叫原，是船上的大副。

过去看看？内海以眼神反问道。原的脸颊微微有些发红了："大家都去了左舷甲板，所以……"

环视四周，发现来到甲板上的客人全都去了船的另外一边，聚集在开始看得见岛屿轮廓的左舷甲板上，听着船长的解说。右舷这边，除了坐在躺椅上摊开了报纸的内海，再看不见其他乘客。

"现在，正好有点儿忙着呢。"内海苦笑着回答，指向船上发放的英语报纸的某个位置。

"是……填字游戏？"原大副探头看着报纸，略有些惊讶似的低语。

"海神。"

"啊？"

"八个字母，其中第三个是 S。知道是什么吗？"

"……POSEIDON？"

内海弯着指头数了数字母，心满意足地回以微笑。"果然海上的事情就应该问海上的男儿，对吧。"一边嘀咕着一边把字母填进空格里。

"这么，这个是什么呢？'什么什么变奏曲'。"

"提示呢，只有这么多？"

"六个字母，最后一个大概是A。"

原稍微想了想，结果还是摇头："抱歉，这个我有点儿……"

"那就先把这个纵向的暂时放放好了。下一个是……"

正说到这里，内海在视野一隅中注意到大副的表情阴沉了下来。

他抬头，顺着对方的视线望过去。

之前还看不见人影的右舷甲板上，不知何时有几个男人集中站在了一起。他们的额头凑得很近，小声地交谈着什么。因为隔开了一些距离，听不到交谈的内容。

"但愿什么事都没有——"

大副原依然沉着脸，自言自语般地低声嘀咕。

内海好像什么都没听见的样子，目光落在了填字游戏上，开始下一题：

"冥府的看门狗。八个字母，第一个是K……"

这是一九四零年六月。

上年九月，在欧洲，以德国入侵波兰为契机，爆发了第二次世界大战。

但是在那之后，连接"中立国"日本和美国的太平洋航线却依然因着货客船业务而热闹着。不，不如说由于开战以后大西洋变成了"作战海域"，人员和物资都需要经由太平洋－欧亚大陆来运送，于是太平洋的货客船航路反而呈现出一种奇特的盛况，应该称其为

"战时行情"吧。

在太平洋上穿梭往来的"中立国"日本与美国的船只在夜间航行时也亮着明晃晃的灯,通过清楚显示中立国的标志,来努力确保航行中的安全。

在"世界"被战争一分为二的今天,为确保不受到两方敌对阵营的错误攻击,**中立国一方有义务做好小心防范**。反过来说,这也意味着,若是船只装载了对其中某一方阵营有利的物资和人力资源,那么遭到炮击,甚至有时被击沉也都是没有办法的事情。

六天前。

"朱鹭丸号"的各等船舱都装载了大大超过客舱平均入住率的人数,从旧金山起航了。尤其是二等客舱,几乎满员,不过这其中是有原因的。

就在离港前夕,有一行超过五十名的德国人提出搭船申请。

起初,汤浅船长对他们的要求面露难色。

德国人,目前交战的一方——并且还有五十人之多,若是允许他们上船,很可能会对其他乘客的安全带来威胁。

做出了这样的判断,汤浅船长要求大日本商船旧金山分公司拒绝这些德国人的登船请求。

但没想到节外生枝。日本总领事直接来船拜访,声称:"他们是到美国来打工的德国劳工及其家属,为希望携带家属一起出国的人们提供帮助,是作为中立国理所当然的行为,就算从人道主义的立场来看也合乎情理。"他强烈希望船长能为这些人的登船提供便利。

日本总领事。换言之,这是大日本帝国的强烈希望。

作为受雇于民间公司的区区一名船长,他没有可能拒绝。但是——

快要出发的时候，看着这群好像被什么东西追撵着一样登上舷梯的德国人，朱鹭丸上以汤浅船长为首的高级船员们无声地交换着眼神。

乘客名录上写着"德国劳工及其家属"。

大多数人的情况确实是吧。

但是，他们之中明显还混入了一群气质迥异的男子。

虽然穿着劳工样式的不起眼的衣服，但是他们走路的姿势、眼神以及言行举止，在常年操船的朱鹭丸号的船员看来，一眼就能认出他们是同行——也就是船员。

自然而然地，这让人想起了在旧金山听到的关于德国货船"日耳曼尼亚号"的传闻。

"日耳曼尼亚号"在航行于大西洋上的时候得知了战争爆发的消息，立刻逃进墨西哥湾韦拉克鲁斯港，精心伪装成普通船只潜伏了下来。之后寻找到机会，试图载着大量燃料返回本国，但很快就被英国驱逐舰发现，摆脱不了追踪，最终自沉。

沉船点附近恰好有美国巡洋舰游弋，船员得到了他们的救助，作为失事船只的船员被收容。

所谓传闻，说的就是现在德国和英国都对美国提出了引渡船员的强硬要求，美国当局左右为难，十分困扰。

目前，大西洋航线事实上遭到了封锁。

从美国前往欧洲的话，通常路线是乘坐"中立国"日本的船只度过太平洋，再利用同为"中立国"的苏联西伯利亚铁路，横穿大陆。

"朱鹭丸号"的船员起了疑心，这些举止可疑的男子会不会就是"日耳曼尼亚号"的船员呢。有很大可能是德国、美国、日本之间进行了秘密交涉，三方在利害关系上达成一致，从而促成了此次"紧急避难登船"。又或者，说不定是最近紧跟德国的日本陆军方面施加了压力。

不管怎么说，交战的另一方，英国，都是被排除在外的。

德国船员一旦归国，立刻就会被海军征召。从交战国英国的立场来看，为增强敌人兵力而出手协助就是敌对行为。因此，他们才要隐藏原本的船员身份，并且混在另外一大批劳工及其家属中间登上朱鹭丸吧。那其中，几个看上去像是高级船员的人成了一等舱的乘客。不过——

万一被英国方面发现了会怎样？

以汤浅船长为首，原大副等朱鹭丸号的高级船员们自然都心怀不安。

然而朱鹭丸从起航一开始就遭遇了严重的暴风雨，这让船长以下的船员们都是真心有种"雪上加霜"的感觉。

"什么啊，那是？"

左舷甲板上扬起一阵喧嚷。

"……不会吧？"

"怎么可能……怎么会有这种蠢事……"

夹在风中断断续续传来的声音中都带着不同寻常的迹象。

内海从填字游戏上抬起头，和原大副面面相觑。

就在此时，传来了一声特别高亢的女声尖叫："不！停下……别过来！"①

内海惊得立刻站起来，跟在已经冲了出去的原大副的身后追

---

①根据剧情，此处应为英语"No! Stop……Stay！"

了上去。

穿过通道跑到左舷甲板，异样的景象立刻冲入视野之中。

之前还三三两两散布在甲板、餐厅以及阅览室等各个地方，悠然眺望着左舷前方刚刚开始出现在南洋上的岛影的乘客们，此刻都聚集在了靠近船头的一个地方。所有人都从栏杆上探出了身体，屏息注视着海面上的一点。

内海与原大副无声地交换一个眼神，脚步迅速地横穿过甲板，从聚集在一处的乘客们的旁边眺望着蓝色大海。

稍远的海面上，看得见一个黑色的影子。

突然间，黑影活动起来，开始朝向朱鹭丸号笔直前进。

可是，那个黑影，不会吧——

不知是谁，发出了绝望般的呻吟。

"是……U-Boat……"

2

U-Boat。U型潜艇。

德语"Untersee-boot"的简称，原本是"潜艇"的意思。但是在使用英语"U-Boat"的时候，其中必然蕴含着某种情绪。

一种情绪。

也就是，恐惧。

U型潜艇原本是为了破坏海上通商而开发出来的德国海军的秘密武器。

第一次世界大战中，U型潜艇在大西洋上击沉了将近五千三百艘的敌国客货船，把协约国，尤其是岛国英吉利推入了恐惧的深渊。

U型潜艇的登场，从根本上颠覆了在此之前的海上战争的概念。

在那以前的战争里，军人和平民、前线与后方、交战国和中立国，好歹总还是有区别的。但是U型潜艇只要对上了航行于洋面的船只，根本不管是敌国还是中立国，全部施以无警告、无差别、无限制的攻击，将之击沉。

战争，进入了不再有任何差别的所谓"总体战"的未知局面。

海面以下悄然潜近的黑影。

直到发动攻击的那一瞬间才会出现，U型潜艇是宛如幽灵一般的"看不见的存在"，在第一次世界大战中，对往来于大西洋的所有船员和乘客而言都只意味着恐怖。

一九一八年，第一次世界大战结束，以德国和奥匈帝国为中心的同盟国一方败北。

战败国德国被禁止保留以及新造任何U型潜艇。

可是，一九三三年，纳粹夺取了政权，开始秘密建造U型潜艇。

一九三九年九月一日，与第二次世界大战爆发同时，纳粹德国在大西洋部署了五十七艘U型潜艇，开始实施对敌国货客船的无差别击沉攻击。

神出鬼没。比起上一次世界大战，新型U型潜艇的性能更加优越，盟军一方对此束手无策。

特别是从英国殖民地开往本国的补给船，陆续在英国的近海地带遭到伏击，沉入海底。据传，英国国内早就已经处于严重的物资短缺的状况……

可是，那全部都是**目前战争**正在进行的大西洋上的事情。

在这远离欧洲的太平洋，在地球背面的夏威夷近海区域竟然会有U型潜艇出没？这怎么可能——

脑子里飞快地思索着，内海的目光始终被吸引在海面上。

就在海面正下方，肉眼可见的巨大黑影，此刻如同滑行一般笔直地向着朱鹭丸号开来。

距离大约八百米。

如今，黑影的轮廓已经清晰可见了。

那是——

黑影急速上浮，**跃出了海面**。

"是鲸鱼！"

甲板上轰然响起欢叫。

屏息已久的人们个个发出安心的叹息。是因为极度紧张忽然一下松懈的缘故吧，也有人当场就地坐了下去……

内海不由得苦笑。

巨大的抹香鲸冲着朱鹭丸冲过来。想来**它自己**是觉得好玩儿吧。只是那样的情形，恰好看上去像是 U 型潜艇。

疑心生暗鬼。

因着恐惧而畏怯的人心里生出的可笑的错认。

明白了这一点，乘客们当中立刻蔓延开一派和睦的气氛。

互不相识的人们彼此拍着肩，哧哧地笑着，将自己惊慌失措的狼狈模样付之一笑……

"哎呀呀，想不到还有这种余兴节目啊。"内海回头看着原大副，很不愉快地说道，"虽然觉得不可能，不过那条鲸，该不会是大日本商船雇来的吧？"

听着他满是讽刺意味的指摘，性情和善的大副脸上泛了红，颇为尴尬地扭捏起来。

以船长为首，习惯于太平洋上生活的"朱鹭丸号"的船员们，应该一见之下就能知道，之前那黑影其实是鲸。

可是，他们却都保持了沉默。

平安无事地穿过了暴风雨，几小时后就能进入火奴鲁鲁港口，如今一切尽在掌握，在没有太多娱乐项目的海上为了乘客开心，稍微来点儿即兴节目好了。他们是这么想的吧。最近欧洲正进行着血肉横飞的战争，所以，恰是在这片被称为"和平之海"——即太平洋——的海域，这样的玩笑是可以原谅的。但是——

"刚才的玩笑，可能对有些人来说稍微有点儿刺激过头了啊。"

视线跟着内海所指的方向看过去，原大副吓了一跳。

一个怀抱小孩、身材娇小的年轻金发女子，蓝色的眼睛瞪得大大的，背靠在船舱壁上站立着。她的肩头剧烈起伏，面色苍白，和板壁上涂刷的白漆一个样。那表情，简直好像大白天里见了鬼——

对于真正在大西洋上经历过U型潜艇的恐怖，并且因为运气好而"九死一生"的幸存者来说，那看来是个**并不好笑的玩笑**。

"啊啊，不好！"

原大副急急慌慌地转身向那女士跑过去。

他对女子说着话，高高的个子弯下身去，一再向对方低头致歉。

然后把小孩接过来，揽住女子的肩头，送她们返回到客舱里去……

一直目送着原的背影，内海此时再回过头去，视线转向洋面。

无边的晴空和蔚蓝的大海。飘浮在水平线上的雪白的积雨云。因为靠近了海岛的缘故吧，桅杆上不知何时停驻了许多海鸥，在上面歇歇脚。

南洋的乐园，夏威夷岛的山脊如今已经清晰可见。

内海忽然轻笑了一声，摇摇头。

此刻这个瞬间，在世界的另外一边正在激烈交火，子弹纷飞，炮火炸裂，许许多多的人失去着生命，所有那一切，都好像是假的一样。

3

离开依然人声鼎沸的左舷甲板，内海独自一人无所事事地回到了右舷甲板。

忽然，看到之前自己坐着的那张躺椅旁站着个中年男子，他停下了脚步。

这个人五十多岁。打理得整整齐齐的灰色髭须，突出的下巴上有着凹坑。白色衬衣熨烫笔挺，像新的一样。深褐色的眼睛。不，那些都无所谓啦。关键是——

内海眯起眼观察着对方，嘴角浮起一丝微笑。

"请问有何贵干？"他走上前去，一开口，男人吓了一跳地回过头来。"抱歉。这是您的吗？"说着，他指向桌上的报纸，"我正好经过，无意中看了一眼，然后就，唔……"

男人口中不安地嘀咕着，耸了耸肩，朝内海伸出手来。"杰弗瑞·摩根。在旧金山经营一家小贸易公司。"

"内海侑。日本的技术人员。"

完成了船上初次见面时特有的简单的自我介绍，摩根有些不好意思似的摇着头，说道："我天性就是看不得有做到一半的填字游戏放着不管。哎，以前就一直这样，没办法，真是坏习惯。"

"那正好啊，可以借助您的智慧吗？其实我之前是被卡住了。"

内海微笑着，邀请摩根在旁边坐下。

在椅子上落座的摩根迫不及待似的搓着手心望向报纸:"那么,要从哪边开始呢?"

"这个嘛……这怎么样?波罗的海沿岸的湖沼地带。因为之前已经出了'波塞冬',所以第一个字母是 P。"

"POMERANIA?"

"唔——这样就是九个字母啊,很遗憾,空格只有七个。"

"这样啊,那肯定就是 POMORZE 了。"

"原来如此,是波莫瑞啊。这个我没想到呢。"内海颇为佩服地一拍手,在空格里填上字母,"然后这个呢?住在水里的怪物。一共五个字母,第一个是——"

两个大男人头挨着头专心致志地研究,原本醒目地大片空白着的格子陆续填上了字母。

"呼——"内海吐出一口长气,抬起头向对方建议道,"有点累了哪。先到此为止休息一下怎么样?"

"这样啊?我倒还……不过,好吧,既然您这么说了……"

摩根不情不愿地说着,视线依依不舍地从剩下的题目上挪开。

叫住正好从旁边路过的服务生,要他送些冰的饮料过来。

两人隔着圆桌,举起表面浮着冰块的高脚杯,碰杯。

"刚才的骚动还真是吓人一跳啊。"内海手里端着杯子,笑眯眯地说道,"本来还想着刚出航就遇到的暴风雨好不容易停了,没想到这回又来 U 型潜艇。"

"其实,那玩笑真是让人笑不出来。"

摩根喝了一口饮料,然后皱起眉。"船员们应该立刻就知道那是鲸了,可是却都不出声,就算开玩笑也要有个限度。真是的,还以为这次肯定要完蛋了呢。"

"您这是第几次遭遇 U 型潜艇了？"

内海一发问，摩根疑惑地皱起眉，直视着他问："什么意思？"

"没啊，因为您刚才说是'这次'……"

"哦。"摩根看来认可了他的回答，点头说道，"上次大战的时候有过一次。因为生意，在前往欧洲的途中遇到的。当然，那是在大西洋。还好有运气，那次总算是逃了过去……"

看样子不怎么想讲。

应该换个话题。

内海想着，指向甲板上远远可见的一位贵妇，玩笑般地说："哎呀，看那边，小博美①。"

像是美国人的胖胖的中年妇女脚下，厮缠着一只茶色的小狗。

"波莫瑞，英语里是波美拉尼亚，波兰北部、波罗的海沿岸湖沼地带历史上的叫法。现在的博美犬，原本是原产波莫瑞的大型犬种改良而来——应该是这样的吧？"

"是的……"摩根飞快地瞥了眼带着小狗的贵妇，皱着眉说道，"不过，波莫瑞——也就是现在的波兰的命运，看来她们是不会懂的了。真是的，有钱的美国女人太过分，竟然还要把爱犬带到船上来！对她们来说，比起现在正在欧洲发生的战争，逗小狗开心才是更重要的事情呢。一说到这些女人炫耀显摆那些可怜小狗的腻歪样子，简直就让人目瞪口呆。"

"确实，您说得一点儿不错。"

内海极其认真地表示同意。"而且，若是哪天那同一位女士带着

---

①此处内海说的原本是"Pomorze"（波莫瑞），因为之前的填字刚刚出现过这个词，此刻就看见了原产该地的宠物犬博美，所以是带有玩笑意味的一句话。之后摩根回答的"波美拉尼亚"，也是填字时说过的"Pomerania"。

她那行动乖巧好像教养良好的宠物那样走动,就是丈夫出现的时候了。"

摩根露出了一瞬思考的表情,随即和内海对视一眼,轻轻地笑起来。

"不过话说回来,您知道得真多啊。"内海的眼角残留着一丝微微的笑意,开口说道,"刚才那道题,'什么什么变奏曲'。想不到答案会是ENIGMA。ENIGMA变奏曲,之前没听过呢。若是只有我自己,肯定到最后也还是空着填不出的。"

"《谜的变奏曲》,是英国作曲家埃尔加的代表作之一。"摩根表情带着些得意地说完,口中哼了一段旋律,"你没听过吗?这样啊,有点遗憾呢。ENIGMA,恩尼格码,希腊语中是'谜'的意思。据说埃尔加在这部作品的主题中布设了一些谜题,那其中有好几个至今都还没有解开。"

"原来如此。无法解开的谜题吗。"内海点着头,目光投向波光粼粼的海面,自言自语般地低声道,"一样的呢。"

"您说的'一样',是指?"

"喏,就是德军使用的最新的密码系统啊。"内海重新转向摩根,若无其事地悠然说道,"铁壁。无敌。绝对无法解开的谜。德军使用的密码机就叫'恩尼格码'——他们不就是这么说的吗。"

摩根的脸上浮现起困惑的神色:"抱歉,内海先生,您的工作是……"

"跟刚才自我介绍的一样,就只是个技术员啦。"内海轻轻地摆摆手,继续说下去,"摩根先生这么渊博,我还以为您肯定是知道的……不过看表情,好像是不知道啊?恩尼格码密码机原本是作为商用被开发出来的。在莱比锡举办的万国邮政贸易博览会上推出,我们公司尝试地进了一台使用来着。但那之后,它突然从市场上消失,我们都觉得奇怪,然后就听说是被德国军方采用了。对手是德军的话,就没有办法了。那种密码机相当地出色。当然了,若是变成军用,会进一步加以改良吧。"

"若是这件事的话……没错,我有听过。"摩根表情苦涩地开口,"说起来,恩尼格码密码机后来在德军手中被怎样改良,我也是听说过的。"

德军通过电气化手段,成功地把已有的商用恩尼格码密码机开发成了小型便携式密码机。

原本用作商业用途的恩尼格码密码机使用三个旋转式圆筒,实现了百万次以上的换字体系。德军在此基础上追加了可拆卸圆筒,再加上使用了插入式塞子,使得密码机内部的布线得以轻易变更,由于这样的改良,密码组合搭配方式的种类可能达到一个天文数字。这个数字,根据某种说法,是在二百兆以上……

"二百兆种……那么多吗!"听着摩根的解说,内海咻地吹了声口哨,"这么说,现阶段要想破译德军密码是绝对不可能的对吧?接受恩尼格码密码指示的德国 U 型潜艇神出鬼没,所以不可能预测到行踪。"

摩根内心很是纠结,沉默了片刻,但很快,再也忍不下去了似的,笑了笑说道:"真的是那样吗?我相信,这个世界上并不存在什么'绝对不可能'的事情。"

"可是……那可是两百兆种的组合啊?"内海吃了一惊似的瞪圆了眼睛说道,"而且,不同的密码机会根据不同目的使用不一样的呼叫号吧?总不可能把全部的组合可能一个一个试过来啊。真要这么做的话,密码还没解开,战争就已经结束了。"

"就算这样,只要是人类做出来的东西,不管什么样的密码理论上都一定是可能解开的。要做到这点,只要有一点点启发就可以了。"

"一点点启发……你的意思是?"

"比如说,嗯,这个嘛……"摩根用食指抵在眉心,继续说下去,"假设,是**假设哦**,有一篇已经预先知道其内容的文章。若是能够拿到和这篇文章内容一样的恩尼格码密码电文,**通过对两者的对照就可以得到解码的线索**,具体来说,就是能够得到破解恩尼格码密码转换结构所必需的,所谓的'三字母代码'。您明白了吗?归根到底,不管怎样的密码都取决于使用它的人——就是如此。"

"总而言之您的意思是说,就算是现在被誉为最强无敌铁壁的德军的恩尼格码密码,终究也是和这个填字游戏一样,是吗?只要稍微有点线索,就能解开谜题?"

"填字游戏!正是如此!"摩根一拍手,脸上写着你深得我意,"使用二十六个字母的填字游戏里,若只是算组合,六个字母的单词大约有三亿。七个字母的话,理论上存在着八十亿种以上组合。可是我们却能从那八十亿种以上组合的汪洋大海里,轻易地找出比如POMORZE这么一个正确答案。要做到这一点,所需要的就只是稍微一点点的提示而已。"

内海摇着头,哎呀呀地叹着气说道:"摩根先生,您果然真的是头脑十分出色啊。再复杂的密码,碰到您也只有丢脸的份儿了。真是不想和您这样的人成为敌人呢。希望我们两国的关系别再继续恶化了。"

"嗯,内海先生,关于这一点,我和您的意见完全一致。"

说着,摩根的双手在身前夸张地打开。"前几天,日美之间的通商条约失效，对我而言也是极其遗憾的。这么一来，日美两国的贸易就陷入事实上的无条约状态了啊。以后彼此要做生意也变得困难了……咦，这有什么好笑的？"

意识到内海在苦笑，摩根好像生气了似的问道。

"抱歉。我根本不是在说那件事情。"内海在面前摆摆手，轻轻地缩缩脖子。他从桌上拿起报纸，熟练地唰唰几下卷成圆筒，垂下眼睛说道，"我希望关系不要再继续恶化下去的，不是日美关系，而是**日英关系**啊。因此，要是被身为英国人的您伪装成美国人、使用假护照进了日本的话，我会很困扰的。"

"日英关系？假护照？"摩根颇为不解地眨着眼，"内海先生，您好像有很严重的误会了。我是美国人，跟英国完全一点关系都没……"

"不要再说了，摩根先生——哦不对，真名是**路易斯·麦克劳德先生**。演出结束了。"

内海抬起眼，冲着发愣的对方露出个爽朗的笑容。"或者说，用贵国秘密谍报机关使用的代号'教授'来称呼您更好呢？"

4

麦克劳德的脸上眼看着失去了血色，面色变得苍白。

他的眼睛瞪得大大的，缓缓地摇着头。然后，像是受了严重的打击，耷拉了脑袋，双臂软软地垂下去……

突然间，麦克劳德的上半身有若弹簧一般弹了起来。

内海用卷起的报纸接住对方气势汹汹挥来的左手，顺势按在了圆桌上。

"看来，英国秘密谍报机关里有教人用刀防身的那个传言是真的啊。"内海身体靠近过去，在对方的耳边语气平和地细声低语。

虽然从外部看不见，但内海用手中卷成筒状的报纸，正正套住了一把出鞘的利刃。

麦克劳德之前弯下上身，是为了拔出藏在裤腿里的刀。

可是内海预料到了他的行动。用预先卷成筒的报纸裹住刀锋，然后就势把麦克劳德的左手按在了桌上。同时他越过桌子伸出手去，两根手指抵住了对方的颈动脉。

波光闪动中，一瞬的白日梦。

就算有人偶然目击，也肯定不会明白两人之间发生了什么。

"要切断颈动脉都不需要用刀。指甲就足够了。"内海好像完全变了个人，语气冷漠地在对方耳边低语，"既然受过训练，那么当时应该有听过吧？拔刀的瞬间，胜负就已注定。遇到对手是专家的时候，刀子一旦出鞘就已不再成为威胁。"

麦克劳德咕嘟咽下一口唾沫，传递出轻微颔首的意思。

同时，他全身倏然松懈了力量。

内海从卷起的报纸中抽出刀来，拿在手上快速地检视了一下。小型的，做工精良非常适合手持的军刀。研磨锋利的短刃，不要说皮肤，看着就连骨头都能一刀斩断。

在手上轻快地打了个转，持着刀刃的一端递还给对方："请收好。"

麦克劳德无言摇头，并没有伸手的意思。内海顺手往海中一丢。刀锋瞬间闪出一抹亮光，随即就消失在了波浪中。

"……为什么？"麦克劳德的脸上仍是没有半分血色，喘息着问道，"为什么知道是我？"

"因为有情报啊。"内海若无其事地轻轻耸肩，回答说，"英国秘密谍报机关的密码专家'教授'在英国国内消失了踪迹，其去向多半是日本——情报收集可不是英国的特许专卖。我们对各种可能进行了研讨，结果是，您搭乘这条船的概率是最高的。所以，我就这样恭候着了。"

"可是……那不可能。他们跟我说没问题的……说我绝对不会暴露……跟我说**就算是老朋友或者家人都不会认得出来**……可是……到底为什么……"

"哦，您说的一定是外表吧？"内海轻轻耸肩，语气悠然地反问，"确实，麦克劳德先生，和我之前看到的照片相比，您的样子完全改变了。头发的颜色和发型，还有胡须的化妆这些都不说了，就连眼睛、鼻子以及嘴唇的形状都不一样了，还有那个有着凹坑的突起下巴。哎呀呀，对于英国的医疗整形技术，我要表达敬意呢。不过，经过上一次在欧洲的大战，许多人失去了身体的一部分，因此医疗整形在假肢方面取得了长足进步，这可真够讽刺的。说到这个，您连下巴上的骨头都处理了，也是够难受的吧？然后为了改变音质连声带都进行了手术？哎呀，真是辛苦您了。一英寸的身高差是穿了厚底靴对吧？唯一让我想不通的是，竟然连眼睛的颜色都改变了——"

他眯起眼，从正面仔细打量着麦克劳德的脸。"原来如此，为了遮盖特征明显的绿色眼睛，是用薄型材料做成褐色镜片放到了眼睛里面吗？英国秘密谍报机关还真是花了不少心思啊。确实，外形改变到了这种程度，只是看一眼的话是认不出来。正如您所说的，我想就算是老朋友或是家里人，也都不会认出是您的。"

"可是，你一眼就看穿了我。"麦克劳德几乎呛咳起来，追问道，"虽然在同一艘船上，但是我从出发以来几乎一直都躲在房间里，今天跟你在这里应该是第一次见面。可还是暴露了，为什么？为什么连朋友和家人都应该认不出来的我，你却能够看穿？"

"请不要误会。外表的变化，是迷惑那些以往认识您的人的。"内海又耸耸肩继续说了下去，"我不认识过去的您。我所获得的，是关于您的详细情报——关于外表方面，只有让我很快地看过一眼照片而已。那也跟其他的材料一样，立刻就要求归还了。说到底，照片这种东西，根据拍照片的人不同，被拍的对象可能呈现出极大的差别。所以，我接受的训练是别太相信那个。比起照片，更重要的是对情报进行综合判断——"

他正视着麦克劳德，笑了笑说道："比如说，受雇于英国谍报机关的密码专家'教授'有着无法坐视做到一半的填字游戏放着不管的癖好，诸如此类哦。"

麦克劳德"啊"地叫了一声。

放在空无一人的甲板桌子上的做到一半的填字游戏。

就是说那是个圈套？

不管什么人都会有着某种癖好。

拥有特殊技能的人，特别是有着远超普通人的能力和感觉的人，往往会对某种刺激给出特别的反应。麦克劳德的情况，就是对于做到一半的填字游戏心存执着。

为了从那么多人里面锁定麦克劳德、引他上钩，不动声色且周到细致地布设了圈套。但是——

麦克劳德眯起眼睛。

即便如此，也还是有着认错人的可能。也许会有完全无关的人对做了一半的填字游戏有反应……

填字本身就是个测试？问题里设置了关键词？内海是根据对方

对那个关键词的反应做出了确认？在填字的时候，自己究竟说过些什么？

仿佛看出了心怀不安的麦克劳德在想什么，内海哧哧地笑着说道："说实在的，麦克劳德先生，在远远地看到您的瞬间，我已经一眼就知道那是您了。和您一起填字只不过是为了让您放松下来而已。请不必担心那么多了。"

麦克劳德咬着唇，最终，还是回到了最初的问题：

"为什么你知道是我？之前一次都没有见过，为什么你一眼就能认出我来？"

"是耳朵的形状。"内海泰然自若地回答。

"耳朵？"

"耳朵跟指纹一样，每个人都有着他特定的形状。我看到的那张照片上，恰好清晰地拍下了您的耳朵。我记住了那个形状。"

怎么可能……

麦克劳德难以置信地瞪大了眼睛。

说是就只匆匆看过一眼的照片。多半是偷拍的吧，应该不会是清晰的画面。准确地记下那张照片上的耳朵的形状，然后还根据它一眼认出特定的对象？这种事情真的有可能吗？

问题是，内海刚才说过"跟其他的材料一样，立刻就要求归还了"。不管是照片还是其他什么情报，都要求在拿到文件以后当场记在脑子里。这种事情……可是，难道——

记忆的一隅，有什么东西一闪而过。

这么说起来，曾经听到过一个奇妙的传言。

几年前，日本陆军内部成立了秘密的情报机构。

据说此处聚集的，全都是以优异成绩毕业于普通大学的**军队体**

系以外的人，这简直就像是公然嘲笑日本陆军历来以地地道道的职业军人为尊的普遍认知。

D机关。

听说在日本陆军内部，人们都怀着半嫌恶半畏惧的心情如此称呼它。

麦克劳德想起来的，是关于这个"D机关"的选拔考试的传言。

参加考试的某人，被问起从进入建筑到抵达考场走了几步路，还有上了几个台阶。另一个人则被要求在摊开的世界地图上指出一个太平洋小岛的位置，可是在那张地图上这个岛屿是被巧妙抹掉了的。考生指出这一点后，随即就被问到展开的地图下面，桌子上放了哪些东西。还有让考生朗读几篇毫无意义的文字，过了一会儿之后要求把这些文字从尾到头背诵出来……

实在是"UNIQUE"。

这是听到传闻的时候，最先浮现在麦克劳德脑海中的感想。六个字母。

若是十个字母，就是"REMARKABLE"。

填字游戏的话应该是正确答案吧。

可是，以现实而言，实在无法相信真能有人通过这种与众不同的考试。肯定和"漂泊的荷兰人"（这也是在填字游戏中经常出现的词语）一样，是经过了夸饰的传说。原本是这么想的。可是——

如果真的进行过那种"独一无二"并且"值得关注"的选拔考试呢？

传言中还有后续。

正确回答出从进入建筑以后到抵达会场的步数以及台阶数的考生，在并没有要求回答的情况下，又说出了途中走廊上有几扇窗户、开着还是关着，甚至连有没有裂纹都指了出来。

被问到地图下面桌子上有什么东西的人，完全正确地说出了墨水瓶、书、茶杯、两支钢笔、火柴、烟灰缸等多达十来种东西，然后甚至讲出了印在书脊上的书名，以及吸剩下的烟蒂上的商标。而拿到反序背诵无意义文字这道题目的考生，最终也一字不差地完成了要求。

十多个人轻轻松松就通过了奇特的选拔考试。他们都是超乎常规的拥有特殊能力的人。经过了挑战肉体与精神能力极限的各种各样的训练，他们成了D机关的间谍。如今，这些人被赋予伪造的身份、经历与姓名，被派往世界各地执行任务——

麦克劳德慢慢地抬起头，目光转向坐在旁边躺椅上的内海的侧脸。

以亚洲人而言他属于轮廓深邃的类型吧。年龄差不多二十五六岁。五官端正，长相很不错。肌肤细腻白皙，简直宛若女子。

一点都不像是在跟敌国的间谍正面相向短兵相接，内海此刻正心情极好地哼着歌——

麦克劳德死心地合上了眼。

眼帘刚一合上，竟然就已经想不起来坐在旁边的内海究竟长得什么样了。给人留下的印象如此之单薄，也是有意识地营造出来的效果吧。内海这个名字，想必也是个假的……

已经没什么可怀疑的了。

内海——不，这个自称"内海"的身份不明的年轻人，就是在日本陆军内部成立的独树一帜的秘密谍报组织出来的间谍。这样的话，可就不是虽然隶属于英国秘密谍报机关，但终究只是个密码专家的麦克劳德所能应付的对手了。

"总觉得有点不可思议啊。"

内海的目光望着海平面的远方，语调轻松地说道，"你觉不觉得，像这样在海上度过的时间越长，就越会觉得所谓国家之间的战争都蠢透了？特别是这次航行，暴风雨把整条船如同树叶一样肆意摆弄的最严峻的时候，对于人类为什么要互相争斗、彼此厮杀，真是完全无法理解了。在这茫茫大海之上，国籍什么的根本无关紧要。一起乘上了船的所有人都是一莲托生，是休戚与共的命运共同体。"

内海说着，朝麦克劳德露出个微笑。

可是麦克劳德看样子已经连开口说话都做不到了。他的面色苍白，额头上满是大颗大颗的汗珠。

"拜托请一定不要误会。"内海轻轻地一耸肩，两手在身前张开，显示自己并没有敌意，"我完全没有想过要对您施加伤害。相反，'教授'，我是来帮助您的。"

相反？

日本的间谍，来帮助英国秘密谍报机关的密码专家麦克劳德？

"你究竟……是什么意思？"

麦克劳德声音沙哑地询问，忽然间，脑海里浮现出另一个奇特的传闻。

不准死，不准杀人。

据说这是 D 机关的间谍被要求恪守的第一戒律。

在以"歼灭·自决"为信条的日本陆军，这本是不该有的方针。自己的存在意义被针锋相对地完全否决，不难想象，日本陆军内部必然会对提出这种行动规范的 D 机关心生厌弃，冷眼相待。根据传闻，D 机关是由一个被称为"魔王"的男子组建、统率的。那个男人的名字应该是——

"我的上司有话带给您。"内海的脸靠近过来，打断了麦克劳德的思考，低声说道，"日本官方已经做好了准备，在到达横滨的同时，就安排人登船，目的是逮捕您。建议您在夏威夷下船。"

内海自顾自地说完这番话，又回复了原来的姿态，靠回到椅背上。

麦克劳德眯起眼睛，凝视着内海神色平静显得若无其事的脸。

——原来如此。是这么回事啊。

麦克劳德心里低语着。

尽管有着煞费苦心的乔装，可是自己的真实身份还是被日本间谍内海识破了。但那也是有前提的，即是事先获取了麦克劳德改变容貌、乔装之后上了前往日本的船这一情报。问题是，为什么情报会泄露给日本方面。这也就意味着——

麦克劳德咬着唇，很快，死心似的摇摇头，重新望向内海。"你上司的带话我已经收到了。我会——嗯，是的，虽然很遗憾，但是我会改变计划，在夏威夷下船。"

"那样很好啊。肯定会是次不错的休假呢。"

面对含笑点头的对方，麦克劳德轻轻举起手，继续说下去："还有，请务必原谅我刚才的举动。我还以为——我一心以为是'刻耳柏洛斯'来着的。"

刻耳柏洛斯？

内海微微地皱起眉。

"没什么，请你忘了吧。"麦克劳德说着耸了耸肩。

就在这时，甲板上聚集着的人群中再次扬起了激动的叫嚷。

"是船！军舰在靠近！"

在这"和平之海"，夏威夷的近海区域有军舰？怎么可能……

内海和麦克劳德两人同时从椅子上站了起来。

隔着伸手指指点点的人群望向海面，出现在前方的小小的船影劈开波浪，朝着朱鹭丸笔直地靠近过来。

眼看着，涂成灰色的船体越来越大。

船的前部与后部可以看出各有着两座三连装炮塔。

"是日本军舰！"

"因为担心遇到暴风雨的朱鹭丸，出来迎接的！"

乘客的日本人当中发出了兴奋的欢呼。

军舰笔直前进的路线略微变为斜向，船尾飘扬的白色舰旗首次进入人们的视野。

"不对啊！那不是日本的军舰旗！"

甲板上响起一声惊叫。

"哪里的船？该不会……"

"喂！怎么回事啊。"

身旁年轻的外国乘客用德语喘息般地低语道："那是……"

英国军舰朝向朱鹭丸号打开了白天里愈发显得刺眼的探照灯，后部的炮塔突然对空射出了一发空炮。

5

朱鹭丸的甲板上，瞬间好像时间静止了似的一片寂静，接着，就被女性乘客发出的尖声惨叫包围了。

来到甲板上享受登岸前平静时光的乘客们，一下子全部惊慌失措地四处逃散。留下来的，除了身穿制服的船员之外，就只有包括内海和麦克劳德在内的几位男性乘客了。原大副的神情也颇为紧张。

留在甲板上的人们屏息注视着，英国军舰的桅杆上咻咻咻地升起一面旗帜。

L旗。

——立刻停船。

信号旗表达了这一意思。

甲板上的男人沉默着，如同商量好的一样同时抬头看向驾驶舱。

此刻在驾驶舱里，汤浅船长应该正拿着望远镜，亦步亦趋跟踪着英国军舰的行动吧。

在收到停船命令的情况下使用无线电，是被国际法禁止的。无线联络一定会受到监听。就算能用密码隐藏内容，但是，"使用了无线电"这件事本身也一定会暴露。

不要说向日本国内了，就算向近海区域的日本海军以无线电申请救援都是不可能的。若是敢于使用无线电，将被视作"遭受炮击亦在所不惜"。

眼下，一切都取决于船长的判断。

根据汤浅船长做出的决断，指向朱鹭丸的英国军舰这次从炮塔中发射的可能不是空弹，而是实弹了……

朱鹭丸的四台内燃机引擎发出的轻微——若是平时都不会让人注意到的——震动，这再次让人们的心里产生不祥的感觉。

忽然间，震动声停止了。

从起航以来就已经变成了如同空气一样理所当然地存在着的引擎声消失了，怪异的寂静笼罩着船体。

关闭引擎。

汤浅船长做出了苦涩的选择。

确认引擎已经停止，英国军舰的桅杆上这回升起了另一面旗帜。

D/L/1旗。

——我方放汽艇登临。

英国军舰改变了方向，让船体与已经停止活动的朱鹭丸号平行。在这过程中，前后各两座炮塔始终稳稳地对准朱鹭丸的驾驶舱。

从这边已经可以清楚看见，军舰上的英国水兵们正手脚麻利地准备着汽艇。

刚够船舷相接的超近距离。

如果现在，有一发炮弹射过来，驾驶舱一下子就完蛋了……

不可能逃得掉。

不管他们的意图究竟是什么，英国军舰上"不请自来的客人"登上朱鹭丸号只是时间早晚的问题了。

"哎呀呀，这还真是让人吃惊啊。"站在内海身边的麦克劳德突然轻轻叹了口气，摇头道，"所谓始料未及的变故啊，这是。"

内海斜眼打量着麦克劳德，怀疑地皱起眉。

英国军舰的出现，看来对麦克劳德而言，其实也是预料外的情况。

"这样的状况在日语里用谚语该怎么说来着？砧板上的鲤鱼？"

麦克劳德向着内海细声低语，脸上浮现出与刚才判若两人的因着胜利而得意扬扬的表情。

"现在这样，也着急不来，只能等着了。既然如此，待在这里也没办法。不如回到座位上继续吧。"

继续？你是说……

内海沉默着，以目光反问。

"忘记了可真叫人头疼呐。"麦克劳德故作幽默地说道，"填字游戏还没有完成呢。趁着他们没来，我们赶紧填完它吧。"

"接下来,还有哪里空着呢?"

回到之前的状态,麦克劳德在躺椅上坐下来,把还没完成的填字游戏摊开在桌上,乐滋滋地搓着手念叨:"啊,是这里,这个。提示语'伏特加、樱桃、番茄'。十个空格,第三和第四个字母都是'O'。嘿,你知道是什么吗?"

他问内海——后者终究也还是隔着桌子坐了下来。

"……BLOODYMARY。"

"英国女王吗。灯下黑啊,这可真的是。"

在空格里仔细地填进规规矩矩的字迹,麦克劳德颇为满足地嘀咕,"那么,这样可就逆转啦。只要我表明身份,你不管怎么说都会被英国军队抓起来的。"

"逆转,倒还谈不上吧。"内海面无表情地回答,"他们到底是为什么要登上这艘船,也要取决于那个目的吧。关键是,为了抓我,你必须先要公开自己的身份……这算是平局吧。"

"哎呀哎呀,你可别小瞧人哪。"麦克劳德填完了格子,抬起头来笑了笑,"我想,如果是你的话应该早就注意到了。英国军舰的目的,是这艘船上的那些德国乘客。前几天,英国向日本政府发出了通告,内容是'希望不得允许德国的技术人员、征兵适龄者以及有从事宣传谋略工作嫌疑的对象登船',也就是说,现在在这艘船上的德国乘客中,至少那些符合相关条件的人,一定会被英军带走。

"可是,**中立国日本**的客船受到英国军舰的临检,又有**日本友好国家**德国的乘客被强行带走多人。这么一来,日本国内的反英派肯定会开始吵闹。等进入横滨港的时候,日本国内已经一片大乱了吧。只要没有你,对付日本官方那些人,有的是办法可以蒙混过关。趁乱混入国家很简单的。藏身的办法也已经准备好了。我也是有自尊的,不会任凭你们摆布。进了日本国内、成功隐藏下来以后的事情嘛——唔，我再重新想想好了。"

内海沉默不语地皱着眉。确实，麦克劳德的理论没有错。只是——

"然后剩下的地方……不对，等下，这个是……"

麦克劳德的视线停在了马上就要完成的纸面上的一处，忽然变了脸色，皱起眉头丢下钢笔。"好吧，这种事情也是有的。"

他很不愉快地低声嘟囔着，却不知道这话究竟是针对什么事情所说。

麦克劳德站起身来，端起留在桌上的饮料，冲着内海举起冰块已经融化了的玻璃杯，用日语说道：

"内海，撒哟娜拉。干杯！"

内海依然面无表情，拿起自己那杯也同样化光了冰块的饮料，玻璃杯举到自己眼睛的高度。就在此时——

异变突起。

一气喝干了杯中饮料的麦克劳德，忽然大吃一惊地瞪大了眼睛。

不，不只是眼睛。似乎想要叫喊什么，麦克劳德的嘴巴也张得老大，随即沉默地闭了起来。他充满憎恨地瞪视着内海，紧咬牙关。瞪大的眼眶里，似乎马上就要有眼球飞出来。

微微开启的双唇之间，挤出了断断续续的话语。

"浑蛋……果然……刻耳柏……"

之后就再也听不到了。

取代话语的，他的唇角冒出了血沫。下一个瞬间，麦克劳德的身体如同断了线的木偶，软瘫在椅子里。

6

下午一时十八分。

从横靠在左舷舷门下方的英国军舰的汽艇里,身穿救生衣的男子一个接一个攀上绳梯,出现在朱鹭丸的甲板上。

从着装来判断,这些"不请自来的客人"有士官三名,水兵九名,合计十二人。全员都佩带了手枪或轻机枪武装。停在左舷下方的汽艇上留有同样装备的士官一名,水兵五名。

汤浅船长从驾驶舱里出来,在一等舱甲板上与三名英国士官正面相对。船长的身后,是原大副等两名船员。遗憾的是,他们都没佩带武器。

"为什么要求停船?烦请解释一下好吗,究竟是什么事情?"

汤浅船长没有一点畏惧的模样,操着格调高雅的纯正英语,语气强硬地询问。

一个灰眼睛、高个头的英国士官上前一步,作为代表开口回答:"在航行过程中以这种形式要求停船,我感到非常抱歉。不过,我们收到情报说,贵船上有我们大英帝国的敌国公民。若情况属实,希望您能把那些人引渡给我们。"

虽然措辞礼貌但态度却是不容拒绝的强硬——果然不愧是英国人。

汤浅船长毫不畏惧地继续说道:"我不太明白您的意思。您所说的敌国公民到底是谁?"

"这可不好啊。敌国公民,一般就是指现在正和我们大英帝国交战的德国国民,这是不言而喻的吧。我再问您一次,这艘船上,是否有德国籍的乘客?"

"的确有德国国籍的客人在船。"

"那么，请立刻把他们引渡给我方。即便按照国际法，我方亦有权利提出引渡要求。"

"我方没有理由进行引渡。根据国际法，可以要求引渡的对象应该只限于军人及其他隶属于军队的人员[1]。"

"我们已经确认，乘上这艘船的德国人就是隶属于军队的人员。"

"没理由因为是德国人就说他们隶属于军队。原本那些德国国籍的乘客就大多是妇女和儿童，说他们隶属于军队，就算从国际法的角度来说也不合理。"

"那么这样好了。我方会逐一讯问德国乘客，只带走那些我们判断为军队成员的人。这样能得到您的许可吗？"

"不行。我是不会同意的。"

听到如此斩钉截铁的拒绝，英国士官吃惊地瞪圆了眼睛："您这话说得可是奇怪了。说起来，贵船当下应该没有立场拒绝我方的临检吧？"说着，目光迅速地瞥了一眼浮在海面上的英国军舰。

军舰上配备的四台十二门大炮露出黑沉沉的炮口，直接锁定了朱鹭丸。

"既然打算用枪炮来威胁，强行实施临检，那一开始就不要拿国际法什么来说事吧。"

汤浅船长神情怃然地说道，目光锐利地瞥向士官身后。"说起来，我方连贵舰的名称都还不知道，无法给予许可[2]。"

---

[1] 此处原文的用词是"军属"，指军队中除了军人以外的工作人员，包括文职人员、享受文职人员待遇者、雇员、勤杂人员等。
[2] 根据法规，有关国家可以在公海上行使一定的管辖权。登临权（临检权）即为其中之一，指一国的军舰、军用飞机和其他得到正式授权、有清楚标志和识别的政府船舶或飞机，对公海上的外国商船（军舰和国家公务船舶享有管辖豁免权）有合理根据认为其犯有国际罪行或其他违反国际法行为嫌疑时，拥有登船检查及采取相关措施的权利。所以此处汤浅船长要求英国士官告知其舰名。

九名英国水兵斜持着轻机枪，面色紧张地肃立。他们的帽子上，原本应该显示所属舰名的，但现在标志被取掉了。

海面上的军舰也一样，船身侧面涂了油漆，盖住了舰名。

"我是朱鹭丸号的船长，汤浅。"汤浅船长拉回视线，悠然开口，"现在轮到阁下报上姓名了。贵舰的名称是？"

"无名。"英国士官泰然自若地回答，"作战情况下，不可以告知舰名。至于我个人的姓名，也是一样。"

"哼，那就是不报名字、用枪炮威胁、再把人强行带走吗——简直就是海盗嘛。"

"我国目前正处于战争状态，情非得已。"

士官说完耸了耸肩，转过身去向水兵下达命令："现在开始对德国乘客进行讯问。拿好乘客名册，跟我方名单对照。凡德国国籍的全部都要问到，把他们带过来，一个也别漏掉！"

说完再次回过身来，从腰间拔出手枪对准原大副。"麻烦您交出这艘船的乘客名册。"

依然措辞礼貌，但是冰冷的声音清楚地显示了，若是拒绝命令，会有什么后果。

为了讯问德国乘客，朱鹭丸的一等舱聊天室被征用了。

英国水兵们在船内四处奔忙，一旦发现德国人，就用枪指着对方带去聊天室——

内海把白色巴拿马帽的帽檐压得很低，坐在右舷甲板的躺椅上，静静地倾听他们的动静。

眼前步道上，英国水兵们急匆匆地跑过了好几回。

这时，有人停下了脚步，命令内海："露出你的脸！"

他抬起帽檐。

"你是日本人吧，姓名？"

内海。内海脩。

报过名字之后，内海的食指抵在唇上，提醒对方注意说："轻一点儿。"

经他提醒，英国水兵才刚刚注意到旁边的躺椅上还有一个男人。

男人闭着眼睛，低垂着头，深深地陷在椅子里，一眼看过去是美国人——至少，看不出是日耳曼人。似乎是因为坐在那里太安静了，所以之前一直都没人管他。

水兵的目光投向睡着的男人，这时忽然产生了一种奇怪的感觉。太安静了。这男人简直就像……不，不会的……怎么可能会有这种事——

"他真的只是睡着了吗？"水兵小声地向内海确认，"都已经乱哄哄地吵成这样了啊。会不会是身体有哪里不舒服？"

内海探出身体，也是小声地回答："再怎么吵嚷，也已经打扰不到他的睡眠了。毕竟他已经死掉了呢。"

说笑。对方是这么想的吧。

水兵伸出手碰了碰男人，然后发现他是真的已经死掉，顿时发出了一声简直能把死人都吵醒的大叫，连滚带爬地跑去找他的同伴了。

橐橐橐橐，几个人的脚步声走近，忽然遮住了太阳。

越过帽檐抬起眼来，内海看清了站在眼前的高个子英国士官。他的身后，带着两名英国水兵。

"打扰了，您是内海先生吗？"

内海默不作声地点头。

英国士官的视线转向旁边空着的椅子问道:"我可以一起坐下来吗?"

"唔,怎么说呢。"内海以装糊涂的口吻嘀咕着,冲对方一笑,"本来应该是只有付了船资的人才可以坐这椅子,但那又怎样呢,无所谓,请坐吧。只是,不要告诉船员哦。"

看他调侃着表示了同意,英国士官在内海旁边的椅子上坐下来。

"那么,"他立刻就开口询问,"内海先生,我有几件事希望能听到您的解释。"

"是什么呢?"

"我就单刀直入吧。死在那边的那位先生是谁?"

"杰弗瑞·摩根,美国人。在旧金山经营一家小贸易公司。他本人是这么说的。"

"他是您的朋友吗?"

"那要取决于'朋友'的定义了。"内海的眉心里蹙起皱纹,"我和他是刚刚在这里认识的,一起开心地做了填字游戏。他呢,嗯,在这方面是非常厉害的。从这意义来说可以算是朋友吧。但是,除了自我介绍的内容以外,我对他一无所知,照这个意思又很难说是朋友了。"

"也就是说,您为了这种程度的朋友,特意留在这里……呃,该怎么说来着……"

"看守他的尸体,您是这个意思吧?"

"准确地说,是这样。"

"我和摩根先生,之前也说过了,在这里结识,然后一起开心地做了填字游戏。但是,就在要填完之前,被人打断了。就是你们。"

"那还真是非常抱歉。但是，我们的打扰，和摩根先生死亡有什么关系呢？"

"那我就不清楚了。"内海耸耸肩，"我们两人各自离开了座位，然后，等我再回来的时候，摩根先生就已经坐在椅子上去世了。"

内海停下话头，径直打量着对方的神色，然后继续说下去，"因为各位的缘故，船上本来就已经乱作一团。我不知道摩根先生是因为什么事情去世的。可是，在奇怪的时间点上又发现了奇怪的尸体，这种事很可能会引起更大的混乱。这艘船上有很多的女性乘客，我可不希望产生不必要的忙乱，所以就留在了这里，看守尸体——嗯，事情就是这样。"

英国士官眯起了眼睛，灰色眼眸疑心重重地望着内海。从他的表情中，可以清楚读出心中的怀疑。保持着这样的视线，他彬彬有礼地开口："内海先生，多亏了您，得以避免产生不必要的混乱。非常感谢您的帮助。我们就当摩根先生是发了急病，送去船上的医务室吧。"

"那很好啊。"内海轻轻地耸着肩，说道，"接下去就拜托你们了。那么，我就此告辞。"

说着站起身来。英国士官慌忙把他叫住："请等一下，希望您能跟我们一起来。对于发现尸体时候的详细情况，还要再请您详细地说一遍。"

"哎呀真是的，还要再来一遍？"内海说着拿下了帽子，挠着头，"真麻烦啊。不过算了，没办法。就跟你们一起吧。"

他跟在士官后面，被夹在两名带着武器的水兵中间，迈步走出去。

——目前为止，全跟计划的一样。

隐在极其自然地扣回头上的帽子下面，内海瞬间露出了一个心满意足的笑容。

7

接到传召是在四星期前。

敲了敲门走进房间,背对着明亮的窗户,桌子后面的黑色人影迎面坐在那里。

眯起眼睛,调节着光线量,让焦距对准眼前的人影。

这是个五十岁上下的瘦削男子,长发梳理得整整齐齐,穿一套朴素的灰色西服。完全看不出是军方人士。但——

结城中校。

统领着设立于大日本帝国陆军内部的秘密谍报机构,毫无疑问的高级军官。该机构通称"D机关"。结城中校一意选拔录用在军队体系之外接受教育的人员,将之培养成能力卓著的间谍。在习惯于把军人以外的人都蔑称为"地方人"的日本军队里,他的行事方针是史无前例的。

军队的上层中,至今都还有不少人对D机关避如蛇蝎,慷慨陈词说:"使用军队体系以外的人!这种间谍组织,就好像是混进箱子里的烂橘子。那帮家伙,肯定会把整个军队都拖垮!"可是,结城中校看上去对此全不在意,只是不断地拿出成果,一路踏踏实实地把组织的活动范围不断扩大……

立刻就在脑海中整理起了情报,内海嘴角不觉浮起微微的苦笑。

条件反射地对进入视野的所有人物信息进行整理,是在D机关接受训练的副作用。说起来,就算对于隶属D机关的这些人,直属长官结城中校也是一个大大的谜团。公开出来的都是用于掩护的伪造经历，即使他平时让学员们看到的外表，恐怕也不是本来面目。

魔王。

D机关的学员们，怀着一半畏惧一半敬意，这样称呼结城中校。

走近桌子，结城中校扬起锐利的眼神，轻轻地一摆下巴，指向放在桌上的报纸。

《每日电讯报》。

在英国发行的日报。日期是一周以前。

内海拿起报纸，目光迅速地掠过版面。

头版头条是英国政府关于战争推进的决定。可是，不对。不是这个。结城中校不会为了询问他对已经人尽皆知的新闻报道有什么意见而特意把他叫来。头条之下是战时状态的英国国民的想法……也不是这个。翻过一页。……战争对手德国的声明……配给信息……王室绯闻……哪一条都不让人觉得会有足够的价值来引起结城中校的兴趣。那么，是什么呢？接下去……

视线被翻开的版面上的一角吸引住了。

乍一看没什么，只是个填字游戏。

世界上大概再没有哪个国家的民众会像英国人这样喜欢填字了吧。即使祖国正在经历战争，即使正面临着亡国的危机，英文报纸上还是一定会登出新编写的填字游戏。可是，这个——

脑海中再次确认了一遍信息。

没有错。

作为本次填字答案的那些英语单词，远远超过了《每日电讯报》普通读者的智力水平。不仅是报纸的填字，任何谜语的难度设定都需要符合看到该谜语的读者的智力水平。无论太难，还是太简单，都会失去意义。

填字格下方以不起眼的小字印了一句附注：

"十分钟内完成此填字者请洽编辑部。"

不见于一般填字游戏的附加内容。那么——

他抬起头来，开口道："出题的恐怕是英国秘密谍报机关，是为了组建密码破译队伍招募人员的一个环节吧。"

他语气淡然地说完，结城中校依然沉默着，轻轻点了点头。

在欧洲大陆，德军持续着势如破竹的快速进击。

面对被称作"闪电战"的德国新战略，盟军几乎束手无策，逼不得已之下一再败退。

"闪电战"。

高速移动的坦克部队突然出现，突破前线。坦克同时开炮的同时，空中有最新式的轰炸机"斯图卡"①组成编队飞来，依次施以俯冲轰炸。那之后，再由以快速运输车载来的步兵大部队一口气拿下敌方阵地——

特别是斯图卡急速俯冲时发出的撕裂空气的尖锐呼啸，明显使得盟军士兵丧失了战斗意志。

使得闪电战成为可能的，是德意志的两项近代工业技术成果。

第一个不用说，是对高速移动的坦克部队和实施俯冲轰炸的高性能战斗机的开发（在杀人武器的开发方面，德意志民族的勤勉和高能得到了完全的发挥）。

另外还有一项，就是迅速且安全的通信系统的实现——也就是

---

①即容克八七型（Junkers Ju 87）俯冲轰炸机，通称斯图卡（Stuka），是俯冲轰炸机的德文写法"Sturzkampfflugzeug"的简称。纳粹德国自一九三五年起将该机型投入使用，直到第二次世界大战结束。

"恩尼格码"。

闪电战的要领,是在敌军意料不到的地方快速集结起坦克部队。一口气突破前线的同时,于同一地点从空中以俯冲轰炸机施加攻击,再以快速运输车大量投入步兵,占领阵地。

为实现这一目标所必须的条件是,攻击命令同时传达到所有部队。

由于重视传达速度,命令必然是通过无线电发布的。但与此同时,无线电波有着不分敌我都能监听的致命缺陷。

若是被敌方事先知道作战地点与时间,闪电战即无法实现了。

闪电战的实施命令必须要把作战意图准确地传达给己方,同时对敌人而言却意义不明。换言之,所谓闪电战,是基于无法破译的密码系统被开发出来而初次诞生的战略计划。

体型小、分量轻、易于携带,用蓄电池也能启动的恩尼格码密码机被配置在坦克部队乃至战斗机上,实现了作战的同时开展。

有了据说拥有二百乃至三百兆种组合可能的恩尼格码密码,就算发布作战命令的无线信号被敌方监听到,也不会预先泄漏攻击的地点和时间。

小型的恩尼格码密码机在德国海军的秘密武器U型潜艇上也发挥了自己的威力。

在恩尼格码之前,U型潜艇仅仅是按照其潜行于海面之下的性质,一旦离港后即开展单独行动,埋伏在敌国商船的航路上,或是对偶然遭遇的敌船予以攻击。

恩尼格码密码机的出现为U型潜艇施行"狼群攻击"这种新战术提供了可能。

一旦有一艘U型潜艇发现盟国运输船队在海上航行,就立即使用恩尼格码密码机与其他U型潜艇联络。等到十艘乃至二十艘U型潜艇在海面下完成集结，就选定各自的目标，趁着黑暗对运输船发起攻击。

就像是饥饿的狼群对猎物发起无情的进攻。

由U型潜艇实施的这种"狼群攻击"，给盟军的运输船队带来了莫大的损失。运输船队全军覆没的情况也不在少数。

在军事大国法兰西草草投降之后，英国成了盟军的中心。而英国的大部分资源包括粮食，都依赖于海外的英国领地及殖民地。恰如"闪电战"消灭了前线士兵们的战斗意志那样，U型潜艇发起的"狼群攻击"夺去了身处后方的英国国民的力量，国内的厌战情绪很快开始蔓延。

对于把英国投降作为战争目标之一的纳粹德国而言，这正是求之不得的态势。

是恩尼格码密码机促成了"闪电战"以及更进一步的"狼群战术"的实现。

毫不夸张地说，从这很像是小型打字机的小小装置中生出的密码体系，才是左右第二次世界大战方向的基石。

——英国秘密谍报机关近期一定会招募破译恩尼格码密码的队伍。

结城中校做出这一预言，是德军刚刚开始在欧洲展开快速进攻的时候。

这个想法本身并没有什么特别。

事实上，在日本陆军参谋本部里，也差不多是同一时期出现了如下热议：

"纳粹德国现在的军事行动大多依赖于恩尼格码密码。已经和德国进入了战争状态的英国,理论上说必然会挑战它。"

于是陆军参谋本部密码班全员出动,对破译恩尼格码密码的可能性进行了彻底的研究。

从所有角度进行了探讨之后,他们得出的结论是——

恩尼格码不可能破译。

大日本帝国陆军参谋本部的密码班成员全都是以顶尖成绩毕业于陆军士官学校和陆军大学的精英人才。既然他们得出不可能的结论,那就是**绝对不可能**。就算是英国组建了破译队伍,结论也不可能改变。

报告书上慎之又慎地做出了如下结论:

"即便由于某种意外,发生了英国拿到恩尼格码密码机器,甚至德军所用密码本的情况,由于密码本每天都要更新,而且操作恩尼格码密码机的时候操作员都是随机设定关键字代码,有了诸如此类充分的防解密措施,在实际作战中,要想破译密码、或者反向利用它都是绝对不可能的。"

陆军上层对报告书感到安心是有理由的。

日本陆军所用的密码是基于德国恩尼格码相同原理开发出来的。

几年前,纳粹元首希特勒向**盟友**日本和意大利提供了恩尼格码密码机的试制品。恩尼格码所自豪的铜墙铁壁的机密性并不在于机器本身,而是对系统的运用。希特勒睿智地看明白了这一点,考虑到即使向日本和意大利提供了试制品,也不会威胁到恩尼格码密码的机密性;反之,由于日本和意大利使用了类似的密码系统,应该会越发扰乱敌方英国的视线,因而才有了赠送的举措。

实际上,日本陆军运用纳粹德国提供的恩尼格码密码机的构造,开发了被称为"**紫色密码**"的日本独有的密码体系。

以往，不仅日本军方，就连外务省中也有着轻视密码的倾向。

"日语是从神话时代流传下来的神圣的特殊语言。"

或者，"那些不会竖写文字而是横着写字的洋鬼子，不可能理解纤细微妙的日语"。

说着这种肆无忌惮的话的人们，到现在也还源源不绝。

反过来说，这只不过是给自己不擅长学习外语的事实找个正当理由而已，但是随着诸如"神国日本"这样的词汇广泛流传，对日语的另眼相看也逐渐被视作完全正确了。

瞧不起外语学习以及密码必要性的那些人，一再地犯下令人难以置信的愚蠢错误——从国际会议的现场用（不加密的）**普通文**给国内发电报告会议方针，向参会各国袒露着自己的底牌去开会。这当然显著损害了日本的国家利益。可以说，日本如今落到被国际社会孤立的地步，也是因为他们这些军人、政治家和官僚长期轻视密码、一直实行粗糙草率的外交谈判的缘故。

自从三年前，在中国大陆陷入泥沼战以来，军部总算痛彻意识到了密码的重要性，对恩尼格码进行了属于自己的改良，并衍生出高度机密的紫色密码。

万一，恩尼格码密码能被破解，那么紫色密码也很难说是安全的。

恩尼格码绝对无法破译。

换句话说，密码班的结论也就意味着，日本军方从此以后完全不用担心密码方面的问题了。

可是结城中校拿到参谋本部的报告书只是瞥了一眼，就扔进了废纸篓。然后把学员们集中起来，冷冷地吩咐：

"只要德国的军事作战依赖于恩尼格码密码、并且一直有效，英法就一定会在近期组成密码破译队伍。他们会挑战'不可能'，将之变为'可能'吧。不管怎样的密码，总有一天会被破译。使用无线电的密码命令一定会被对方监听、破解。今后也要以此为前提开展行动。"

学员们也是理所当然地领会了结城中校的话。

——所谓绝对正确的答案，在这世界上任何地方都不存在的。

这句话，他们已经深深、深深地印在了脑海里。

结城中校把一册装订好的文件贴着桌面滑过来。

文件的卷名是"内海脩"。

那么，这就是本次任务的化名了。文件里面，应该详细记载了此次任务中需要牢记的伪造经历。

从接下文件的那一瞬间起，任务就开始了。

内海打开文件，一边翻动着资料，一边头也不抬地发问：

"这次任务的目标是什么？监视英国密码破译小组那边，我以为已经派了别人过去了。"

若是辅助任务的话，我可不去。

话语中透着这样的言外之意。

结城中校的表情一成不变，递来另一份文件。

报告书的开头，用回形针别了一张照片。照片像是偷拍的，中央位置上侧面男人的脸部划了个红圈。

"路易斯·麦克劳德。上一次在欧洲爆发大战的时候，被英国秘密谍报机关雇佣，在德方密码的破译方面大显身手。"

结城中校不带感情色彩地低声通报了要点。

他的专业是语言学。战争结束以后也没有回到大学，而是继续作为英国秘密情报机关的密码破译关键人物活跃着。代号"教授"。

"最近,他从英国国内消失不见了。好像是打算乔装后进入日本。"

内海第一次从文件上抬起头来,用手指弹着照片问道:"那么,要把这家伙怎么办?"

"别让他来日本。"

——原来如此。

内海的嘴角轻轻朝下一撇。

总之,这次的任务就是"把一个乔装成其他人的样子打算混进日本的英国间谍找出来,并与之接触,断了他来日本的心思"。

光是说说的话,真的很简单。

问题是,他会乔装成什么样子都还不知道……

内海把夹在文件上的麦克劳德的照片拿起来。

其外形线索,就只有这么一张被偷拍的照片。不过,反正长相会变。只要能够抓住特征就行了……

结城中校的双肘撑在桌面上,十指交叉,注视着内海。

办得到吗——诸如此类的问题纯属修饰,不提也罢。

"那么,具体来说要怎么做?"

"麦克劳德去了美国。从现状来考虑,要来日本只能乘船走太平洋。在船上抓到他,让他在夏威夷下船。之后你照常回日本,麦克劳德的后续工作就交给当地的人手了。"

逮住他,然后使之失效。

这是对间谍作战的基本模式。

从让当地人来接手后续事宜来看,也是打算让他成为双面间谍发挥作用吧。

内海迅速地翻阅着剩下的几页,看完一遍之后,原样还给了结城中校。

所有必需的情报都装进脑子里。

会成为证据的书面材料一点都不能留下。

这是Ｄ机关的做法。

内海去了美国，查明麦克劳德打算以"杰弗瑞·摩根"的假名搭乘朱鹭丸号。从美国西海岸前往日本的船只数量有限，船票全部都要预定。只要明确是乘船前往日本，不管他怎么改变相貌，在接受过Ｄ机关训练的内海的眼中，还是可以清楚看出"美国贸易商人杰弗瑞·摩根"其实就是英国人路易斯·麦克劳德的伪装。

可是，朱鹭丸刚一出旧金山港口就遭到了剧烈的暴风雨袭击，内海始终找不到机会跟麦克劳德进行单独交谈。

当然了，原本也就没打算依靠偶然机会与目标进行接触。

刚上船的时候，是打算在船上的餐厅或是吸烟室里**装出偶然的样子**接近他，瞅准时机进行两人间的单独交谈。可是，在船体的剧烈摇晃中，因为晕船而难受的乘客们大多没有出现在餐厅、酒吧或者吸烟室里。然后麻烦的是，摩根，也就是麦克劳德，正是他们当中的一员。

接着，内海又偷偷地拿了行李员的衣服，试图以提供服务为名进入麦克劳德的房间。然而，不知怎么的麦克劳德不允许任何人进他的房间。他拒绝房间清扫。必要的东西就让人放在房门前。而且还极端谨慎，要从猫眼里确认过走廊上没有人，才飞快地开门，把东西拖进房间。

要是强行把东西搬进去引起了吵闹，那叫得不偿失。

终于等到暴风雨停歇，在进入夏威夷港口之前，一等舱乘客专用的甲板上出现了最后的，也是最合适的机会。

内海利用做到一半的填字游戏这个诱饵漂亮地逮到了麦克劳德，使他失去了间谍的作用。

任务完成。

本该是这样的。然而——

发生了意料之外的事情。

在远离战场的中立地带太平洋，夏威夷海域里，突然有英国军舰出现，命令朱鹭丸停船。然后紧接着，就在内海的眼前，麦克劳德神秘地死去了。

确认了麦克劳德已经死亡，内海立刻擦掉死者嘴角边的血沫，合起他的眼帘，摆成让人一见之下以为是睡着了的姿势。

然后，观察那九个为了临时检查而登船的英国水兵，挑选出最合适的目标。那个水兵开口对内海说话并不是偶然的。是因为内海用了一点点的小动作，在他本人并没有意识到的情况下引起了他的注意。发现了麦克劳德的尸体以后，胆小的水兵不出所料地立刻大声嚷嚷起来，引来了他们这次任务的指挥官，一名英国士官。

——我看守了尸体。

若是对指挥官直截了当地这么说，他一定会觉得内海可疑，然后不得不主动提出要进行详细的询问。

进行了周密思考而采取的行动。

为了调查事件、找出真相，只能自己主动跳进事态的正中央。

不入虎穴，焉得虎子。

对本该是"看不见的存在"的间谍来说，这是危险的赌博，然而除此之外，已经没有其他办法了。

8

跟随着高个子的英国指挥官进入一等舱聊天室,里面正要进行对德国乘客的质询。

被集中起来的德国乘客大约有二十人,全都是成年男子。看来女性和儿童本来就不是调查的对象。

房间另外一边的角落里,坐着面色很不愉快的汤浅船长,原大副神情紧张,站在旁边,此外还有其他几名日本船员。

英国指挥官把内海请到房间的一角,轻声请他稍等一会儿:"我先完成对他们的调查。"

说完,从内海的身边离开。

朱鹭丸一等舱的聊天室原本是以装饰艺术风格的漂亮家具和轻松休闲的氛围而著称。然而此刻,毕竟是聚集了这么多的人,不得不说房间里让人感觉有些憋闷。再加上全都是邋遢的大男人,还个个都阴着一张脸默不作声,于是气氛就更差了。

英国指挥官走到并排站立的德国乘客的面前。

拿着原大副提供的乘客名册和自己从军舰上带过来的一份名单对照着,视线投向一名德国乘客。那男人五十岁上下,体格健壮,留着白色的络腮胡。英国指挥官首先确认了对方听得懂英语,然后以礼貌的语气要求对方交出护照。

墙边,若干个身配武器的英国水兵站在那里。

拒绝是不可能的。

男人不情不愿地递上护照。

英国指挥官对比了一下护照上的照片和本人的长相,立刻冷淡地宣布:

"你被收押了。"

没有一句询问。也没有说明收押的理由。

好几个德国乘客立刻涨红了脸,用德语低低地发着不满的声音,人墙之中扬起了好几只拳头。

立在墙边的英国水兵们绷紧了身体,从腰带上拔出手枪。

室内一瞬陷入紧张。

可是,赤手空拳的那些德国人没有做出更多的抗议举动。他们放弃般的收了声,缩起肩膀。

英国指挥官好像什么事都没发生似的,表情纹丝不动,对剩下的德国乘客依次要求拿出护照。

对照着名单,也不管乘客的等级,又宣布收押了好几人。

跟之前一样,没有一句询问。同样也不说明收押的理由。

说到底,在英德双方,乃至作为见证人被叫来的日本船员的眼中,这些人的收押理由是明摆着的。

被宣布收押的,全都是登船时让朱鹭丸的船员们疑心是德国货船"日耳曼尼亚号"船员的那些人。

应德国的迫切希望,日本政府打算把"日耳曼尼亚号"的船员秘密经由日本、再用西伯利亚铁路送回德国——又或许,这只是希望和德国加强关系的日本陆军上层人士的独断专行。不论哪种情况,英国发现了日本的意图,于是向中立地带夏威夷海域派出军舰,试图截获这些德国船员……

所以才会有了这次史无前例的混乱。

若是如此,那么第一个被宣布收押的、体格健壮、有着白色络腮胡的男人就是"日耳曼尼亚号"的船长汉斯·耶格,下面则是大副、轮机员、厨师、无线电技师等等了吧。

最终，共有十二名德国乘客被宣布"收押"。

他们被分成两组各六人，要在监视状态下回去个人的房间，只拿着随身物品到甲板上集合。接下去，要准备把他们转移到横靠在朱鹭丸下方的快艇上，再送上英国军舰。

十二名人高马大的德国乘客在英国水兵的监视下离开，他们的身影一消失，聊天室里突然感觉宽敞起来。

"让您久等了。现在轮到阁下了。"

英国指挥官转向内海，请他坐到放在房间中央的桌边来。

在此以前，内海已经向汤浅船长等日本船员简单地说明了情况。

内海隔着桌子与英国指挥官正面相对，坐了下来。

"很不幸，这条船上有一个人死了。"英国指挥官目不转睛地凝视着内海，说道，"据说正好是我等前来打扰的时候发生，可是究竟是怎么回事？现在，请您再详细地把经过说一遍好吗？"

"不管说几遍都是一样的啦。"内海轻轻地耸肩，说道。

在甲板上跟美国人杰弗瑞·摩根结识，两人愉快地一起玩了填字游戏，然后看到海上的英国军舰。被军舰突然放空炮吓了一跳，离开座位去看了看情况，回来的时候就发现，摩根先生坐在椅子上死掉了。船上那时已经一片混乱。因为乘客中有不少女性和儿童，不想让她们受到更大的惊吓，所以就看守着尸体……

内海陈述的期间，英国指挥官一直装着若无其事的样子，用灰色的眼睛静静地观察着他。

让人一再重复叙述同一件事情，是调查询问的基本技巧。

若是说话的人隐瞒了什么，在重复过程中一定会露出破绽。说了和前面不一样的情况。话语自相矛盾。说话时候的态度很奇怪。

随便什么都行。优秀的问话者，能够从针眼小的破绽中窥破说话人的谎言。

然而，当对手是专业间谍的时候，就另当别论了。间谍平日里就生活在伪造的经历中，当伪装被识破的时候，任务即告失败。根据情况，甚至有时要直面死亡。

对间谍来说，编造没有破绽的谎言是如同呼吸一样自然的事情。更何况是在结城中校手下的D机关接受训练的内海，想要从他的话语中发现漏洞，除非是间谍专业的询问官，否则没有可能。

内海说完了闭上嘴，英国指挥官皱起眉头，沉思了一阵子。然后摇摇头，叹息着说道：

"也就是说，内海先生，您除了姓名以外，对死去的摩根先生一无所知对吗？您居然能和根本素不相识的人一起愉快地玩填字游戏吗？"

"因为是在船上认识的啊。没什么好奇怪的吧。"内海又耸了耸肩。

事实上……

——杰弗瑞·摩根。在旧金山经营一家小贸易公司。

死去的那个男人是这样自我介绍的。

那是他为了搭乘这艘船而伪造的表面身份。

背地里的面孔则是路易斯·麦克劳德。受雇于英国秘密谍报机关的密码专家。代号"教授"。

可是，就算向眼前的英国指挥官说明真相也没用。与其这样，不如——

"摩根先生为什么会死去的？"内海以天使般无邪的神情问道，"虽然很不想这么说，可是我怀疑，会不会是因为你们英国军舰突然鸣了空炮，导致摩根先生心脏病突发呢……"

留在聊天室里的日本船员中间起了一阵骚动。如果内海说的是对的，那么朱鹭丸上乘客的死亡就是由英国军舰导致的。

由于蒙上了杀人的嫌疑，英国指挥官的脸上首次浮现出动摇的神色。他的目光落在之前由一名水兵拿来的文件上，说道："这是为摩根先生验尸的我方军医和这艘船上的随船医生共同签署的意见书。根据这个，他的死因是……不，等等，这怎么可能……"

目光一直扫到文件的最后，然后抬起头来。"死因是氰酸化合物中毒致死……这是两位医生的统一意见。"

英国指挥官的话语让聊天室陷入了一阵让人难受的沉默。

氰酸化合物中毒致死。

那就意味着——

"你是说，摩根先生是在这艘船上被人下毒杀死，也就是，被毒死的？"

听到这严厉不容妥协的声音，所有人一起回过头去。

声音的主人，是汤浅船长。

"不，这个嘛……目前还没有确定就是被毒死……"

英国指挥官的语气含糊不清，跟之前截然不同。"比如说，也许摩根先生是因为某种理由自己服了毒，也就是自杀……"

"自杀？在眼看着就要靠岸夏威夷的这种节骨眼上？"汤浅船长皱着眉，满脸无法置信地低语，"不管怎么说，事情变成了这样，我们就不能在这里互道再见了。"

英国指挥官颇显为难地说道："在美国人摩根先生的死亡原委查清之前，我们要留在这艘船上。可以吧？"

"当然。"汤浅船长站起身，态度干脆地说，"就是以我的立场，在事态清晰以前，也会要求任何人都不得离船。船只在海上的期间，作为船长我对船上发生的事情负全部责任。有一位重要的客人过世——而且还可能是被人谋杀。那么，我绝不容许那个可能是凶手的人从这艘船上离开。"

说完，两艘船的负责人互相瞪视着，四目相对火光迸射。

9

协商的结果，是日英双方展开联合调查。

第一步要征得英国方面的理解，向给摩根先生颁发护照的美国领事馆发无线电报，确认其身份。

由于死者是美国人，事态因而变得越发麻烦。

目前阶段，不管是在欧洲的"世界大战"，还是在中国大陆的"事变"，美国对两处战场的双方都表明了中立的立场。

对于正艰苦对德作战的英国来说，打动美国的舆论，使其参加在欧洲发生的世界大战是唯一的突破口。

另一方面，日本也正陷于中国战场的泥沼，说是中国大陆"事变"的方向取决于美国的一个态度，也一点都不夸张。

对英日双方而言，对美外交都是个极其敏感的问题。在这种情况下，美国公民在中立海域谜一般地死去。那么把确认美国方面的意向作为最优先的事项，可以说是理所当然吧。

只是，这里有一个问题。

按照美国时间，今天正好是星期天。

可以预料，在联系到领事馆的负责人之前，需要花费相当长的时间。

在这阴沉的氛围里，内海利用双方的不和与互相沟通不充分的状况，一脸若无其事地混在调查队伍里，委婉地提出了检查摩根先生房间的建议。

"包括我在内，这里没有一个人知道摩根先生实际上是个怎样的人。他也许，说不定是个罪犯呢。若是检查下房间，会不会他死掉的原因也就自然而然清楚了呢？"

对于这个建议，日英双方都立刻动心了。

自杀是最容易接受的结果。

死去的摩根先生其实是穷凶极恶的罪犯。若是被带回本国，会有严厉的处罚在等着他。所以他震动于英国军舰突如其来的临检，整个人陷入恐慌，最终自己服毒自杀了。

通过在言外之意暗示了那样的可能性，内海控制了搜查的方针。

不是自杀。

对此，内海心知肚明。

就在事件发生之前，内海揭穿了美国贸易商摩根先生的真实身份是英国间谍路易斯·麦克劳德，完成了让他在夏威夷下船的前期准备。然而，英国军舰的出现使得两人立场为之一变。摩根，也就是麦克劳德，带着夸耀胜利的表情举起杯子说道："内海，撒哟娜拉。干杯！"

说完，把杯中饮料一饮而尽。

肯定是那只杯子里被下了毒，不会有错。

从当时的状况来考虑，麦克劳德不可能会是自杀。若是那样的话，还不如说，他是想趁着混乱杀死内海，结果失败了——他弄错了饮料杯，自己端起了已经秘密投下毒药的内海的杯子，这种可能性倒还算说得过去。

可是，内海不会犯下拿错杯子的这种错误。对间谍来说，记住自己喝过的杯子有什么特征,那是入门的入门。摆在桌上的杯子,若是方位或者里面盛的液体量哪怕有了再微小的改变,再把那只杯子放到嘴边就意味着死亡了。当然,使用一些简单的花招让对方去拿起别的杯子也是可能的,但当时内海并没有使用任何花招。

英国军舰的出现是意料之外。但即便如此,再次控制住麦克劳德的方法依然多得是。他可以再度逆转形势,只要麦克劳德没有死——

有人在摩根也就是麦克劳德的杯子里下了毒。

他是被某个人谋杀的。而且,凶手一定就在朱鹭丸号的船员和乘客之中。

在麦克劳德谜一般地死去的如今,检查他的房间,对内海来说也成为必须履行的程序了。

朱鹭丸的事务长用万能钥匙打开了舱室的房门。

死去的那个男人的房间,一眼看过去被收拾得极其干净,干净到了惊人的程度。

衣服全部整整齐齐地叠好放在衣柜里,或是挂在衣架上并收在壁橱里。房间地板上不要说吃剩的面包屑,就连灰尘都一点不落。

完全没有生活的气息,根本让人想不到自从离开旧金山港口以来,他几乎都是在房间里面度过的。虽说是只要房间里吃剩的东西以及其他垃圾、待洗衣物等,都装进专用袋子里挂在门前,就会有服务生过来拿走,可是男性乘客的房间里整洁到这种地步,还是有些异常吧。

写字台上有一本填字游戏的书,所有的页面大体上都填满了。床边也放着几本书,有填字用的两本辞典、《白鲸》《大卫·科波菲尔德》《爱伦·坡诗集》……

遗憾的是，可能成为线索的日记、笔记、信件之类，在房间的任何地方都没有找到。

"……好奇怪啊。"

在内海身边跟他一起检查房间的原大副颇为疑惑地低语。他环视着为了调查而翻检出来的各类物品，皱起了眉头。"衣服，皮包，还有零零碎碎各种东西，全部都是新的……有的上面都还挂着价格牌。看来就好像是，摩根先生在上船的时候把身边所有东西都重新买了一遍……到底是为什么要做如此浪费的事情啊？"

原大副的脸上浮现出困惑的表情，自己嘀咕着。内海斜眼看着他，心里啧啧咂舌。

——连外行人都怀疑起来了可怎么行。

终归也就是二流的间谍。

就是因为这样，麦克劳德才会被英国秘密谍报机关当成麻烦扫地出门啊。

10

路易斯·麦克劳德在上一次世界大战中，受雇于英国秘密谍报机关，在密码破译方面大展身手。这是事实。

中世纪以来，在欧洲，密码破译方面主要是运用语言学和统计学。代号"教授"的麦克劳德的专业是语言学。事实上，他的语言学知识和经验破译了德军的诸多难解密码，多年间为英国赢得了不少的战果。

然而，恩尼格码密码的出现一下子改变了麦克劳德的地位。

对于德国的新密码恩尼格码，他常年研究、构筑起来的密码破译手法几乎都派不上用场。调查的结果表明，要对付恩尼格码，比起语言学，其实纯数学以及机械工学的专业知识和技术才是真正所需要的。

被称为"教授"，一直以来广受尊重的麦克劳德的存在意义一下子烟消云散了。

他被视作"老式密码专家"，不再是密码破译的领导人。

密码破译成了他无法插手的事情。麦克劳德十分焦虑，试图卷土重来，采用了强硬的手法。

比如，在《每日电讯报》上刊登的填字游戏。

结城中校一眼就看穿了那与英国秘密谍报机关相关。

把内海召来，完全**不**是为了让他去监视那些在规定时间内解开谜题然后被英国的密码破译组织录用的人。

只要恩尼格码还是德国的王牌，理论上说英国就必然要去挑战破译密码。

如是思考的各国间谍首脑，自然都会密切关注英国的动向。

在这种时候，通过在报纸上登载填字游戏来募集人手的做法实在是愚蠢透顶。就像是在向全世界的间谍机构展示着自己的意图。

无法认为，这会是以谨慎为宗旨的英国秘密谍报机关使用的手段。

随即在监视中发现，原来的密码工作领导人路易斯·麦克劳德从英国消失了。

据此推断，《每日电讯报》上的人员招募，以及近期其他一些不符合英国秘密谍报机关风格的蛮干做法都是麦克劳德的独断所致。于是英国秘密谍报机关没法儿处理麦克劳德，干脆把这个麻烦给打发掉了。

在英国国内消失了踪迹的麦克劳德,看来像是打算来日本。

在日本陆军内部,日本的特殊信仰依然根深蒂固。没有任何依据,就仅仅只是因为"日语是纵向书写"这样一个理由。纯粹的迷信。然而与之相应,对于密码机密的防范也是粗疏的。日军使用的是紫色密码,来源于对从前获赠于希特勒的恩尼格码密码机的改良,也可以称之为日式的恩尼格码。英国秘密谍报机关为了甩掉麦克劳德,一定是在场面上装了个样子,给了他破解日式恩尼格码的任务……

当然了,已经被英国秘密谍报机关抛弃的麦克劳德根本不足为惧。

结城中校是打算反过来利用此次机会,所以命令内海接触麦克劳德。"横滨有宪兵队在等着你。"只要在他的耳边低语出这句话,正被组织冷遇的麦克劳德心中一定会浮现对英国秘密谍报机关的怀疑。之后只要让他在夏威夷下船,作为双面间谍利用起来就好了。

可是,由于麦克劳德的死,计划不得不变更。

有人挫败了结城中校的计划。

那究竟是什么样的不确定因素呢?

一个谜题。连魔王般的结城中校都蒙骗了的谜题。

越出了任务的范围,内海打算无论如何都要解开这个谜。为此,**无论需要付出多大的代价。**

从麦克劳德的房间里,没有找到任何可能成为线索的东西。

不,没有找到的还不只是这些。

内海诱导着英国指挥官,让他收回麦克劳德喝过的杯子,调查上面的指纹。("船医室里放着的那种药品,应该可以用于检出指纹的吧？")

麦克劳德用过的，是那种窄口的高玻璃杯。

在难以站稳的船上，而且又是在强烈的暴风雨长时间摇晃司掌平衡感的半规管之后。内海和麦克劳德离开座位的时间很短，如果是有人急急忙忙把毒药放进了杯子，那么当时，他碰到杯子的可能性很大。

然而，从杯子上检出的指纹只有三个人的：死掉的麦克劳德、送来饮料的服务生，还有调制饮料的酒保。

"还有一个碰到了杯子边缘的指痕，虽然是有痕迹，但从上面提取不到指纹。"

回到了聊天室，听到指纹调查的结果，内海暗暗地皱起了眉。

没有指纹的指痕？是说凶手戴了手套吗？可是——

他环视四周，眯起了眼睛。

窗外，是一望无际的蔚蓝大海和湛蓝天空。海平面上，漂浮着堪称美妙的积雨云。

再过几个小时，就将驶入常夏之岛夏威夷的海港。

这种环境下，要说戴了手套而不会被人嘲笑的，应该也就是汤浅船长了吧。

可是内海瞄了一眼正神情严肃听取报告的汤浅船长，立刻摇了摇头。

不对。不是他。

汤浅船长他有不在场证明。自从英国军舰出现在洋面上以后，汤浅船长一刻也没有离开过驾驶舱。他没有机会往放在一等舱甲板上的麦克劳德喝了一半的饮料里投毒。

不在场证明吗……

想到这里，内海的脸苦了起来。

在那个时段可能出入一等甲板的，是朱鹭丸的船员和包括内海的一等舱乘客五十二人。而这些人，全部都没有不在场证明。

"没办法了。既然如此，就只能对本船船员和一等舱乘客的物品全部进行检查了啊。"

不出所料，英国指挥官提出了这个想法。他转向汤浅船长，彬彬有礼地说道，"汤浅船长，这艘船的负责人是您。因此，麻烦您把大家都集中到一等甲板来吧。"

一等舱的甲板上，挤满了表情不安的人们。

年龄和性别各有不同，但共同点是服饰都很精良。其中也有带着小孩的年轻母亲，以及胸前抱着爱犬的贵妇……

船长下了指示，要请集合在甲板上的一等舱乘客们出示衣服口袋及手提包里的所有物品。

"一定要特别特别小心，千万不能失礼。"

听着汤浅船长再次向船员下达这样的命令，旁边的一名英国士官露出了苦笑。

对于英国方面提出的对全体船员和乘客搜身，并且对所有房间进行入室搜查的要求，汤浅船长态度坚决地不肯答应。

"客人之中还有女性和儿童，不可以进行强制的入室搜查。对随身携带物品的检查，也只能在得到乘客自发协助的形式下进行。除此以外的情况，我都不会允许。"

他的态度坚决，完全不在意对方全副武装的事实，最终，英国方面让步了。

结果是，朱鹭丸的船员加英国的水兵两人一组，对集合在甲板上的一等舱乘客逐一以"恳切拜托"的形式，对随身携带物品展开检查。检查的结果——

不要说毒药了，就连可疑物品都没有发现一件。

一开始就知道会是这样。

就算有人带着毒药和其他证物，也应该早就处理掉了。在乱哄哄的间隙走到甲板上，背着手扔到海里的话谁都不会注意到。搜身也好，入室检查也好，都是没用的。

这种事情英国方面也是明白的。是在明白的基础上提出强行检查，然后再在汤浅船长的主张面前主动让步。

要求对全体船员和乘客搜身以及进入所有房间检查，其实是在**无法查明真相的时候**制造的借口。"我们做了所有该做的事情。错在朱鹭丸一方。"确实是姑息的权宜之计，但反过来说，实在是完全的军人做派。

来回打量着集合在甲板上的一等舱乘客，内海从刚才开始就有个疑问挥之不去。

为什么？为什么**他**一定要被杀掉？

对内海来说，被杀的人是英国秘密谍报机关的密码专家，路易斯·麦克劳德。以间谍这样一个职业来说，麦克劳德不论在何时何地被谁杀掉都没什么奇怪。

但是，对于内海以外的其他人来说，被杀掉的应该是美国贸易商，杰弗瑞·摩根。检查房间的时候，原大副已经注意到了，摩根先生携带的东西全都是新的。也就是说，杰弗瑞·摩根是一个匆匆忙忙构造出来的人物。虚构的人格。虚构的经历。应该还没有招致什么人的怨恨。

那么，**他**是被错当成别人而被杀掉的？

但这种想法也很难站得住脚。自从登上朱鹭丸以后，摩根，也就是麦克劳德，几乎一步都没有走出过房间。在人前露脸的次数远不足以被错认成其他什么人。剩下的可能性——

除了内海，难道还有别人看穿了美国贸易商杰弗瑞·摩根的真实身份是英国秘密谍报机关的间谍——路易斯·麦克劳德？

内海摇头。

就算是老朋友或者家人都不会认得出来。

正如他本人所说，麦克劳德的乔装是完美的。

头发的颜色和发型、胡子之类的姑且不论，连眼睛、鼻子和嘴唇的形状都改变了。甚至还用茶色镜片改变了眼睛的颜色，又特意改变了下巴的骨头形状。

以在 D 机关接受过训练的内海的眼睛来看，是一眼就能看穿的乔装。但这种事，别人应该是做不到——

想到这里，内海霍然一惊。

弄反了吗？

说起来，麦克劳德为什么一定要乔装到那种程度呢？

还有，登上朱鹭丸以后他那些难以理解的行动——决不让任何人进入他的房间，必要的东西都让人放在门前，他从猫眼里确认过外面没人以后才迅速地把东西拿进房。原本以为是晕船的缘故，但是从那房间被收拾得异常整洁的情况来看，他根本就没有晕船……

内海此刻在脑海中再现了那一局填字游戏，歪着头思考。

那是他为了吸引麦克劳德靠近而设下的陷阱。就在死亡之前，麦克劳德几乎已经填完了所有的空格。剩下的题目。直到最后都没填上的空格。填字游戏里空着的地方。

冥府的看门狗。八个字母，第一个是 K……

并不是那么难的问题。交叉的字母已经填上了。不可能不知道答案。可尽管如此，他偏偏没在空着的格子里填上字母。

KERBEROS。

这个单词，他到最后都没打算填进格子。不，不如说，看起来他像是从心底抗拒写下这个词。

"浑蛋……果然……刻耳柏……"

最后那个没有听清的，麦克劳德最后的话语是"刻耳柏洛斯"。这样想是很合理的吧。

"有着三个头的可怕的怪物。它被拴在冥府的门前，不许生者进入，也不许死者外出。"

麦克劳德是被某个以冥府看门狗"刻耳柏洛斯"作为代号的人盯上了。所以，他才会改变容貌，上船以后也不让任何人靠近自己身边。

但是，严重的暴风雨平息了，距离抵达夏威夷港只有几小时，在这样的时候，麦克劳德大意了。或许，是南洋耀目的阳光弄花了他警戒的眼。结果就是，某个人识破了他的乔装，将他杀死——

内海在脑海中对照着乘客船员名册和集中在甲板上的乘客们的身影，咬着唇。

这些人里，谁都可能是"刻耳柏洛斯"。

可是要想识破他，内海却没有得到一点点的线索。

突然，他听到了原大副对着某个人说话的声音。回答的是个女声。

内海慢慢地抬起头。人群之中，好像只有那一个地方有光线照到一样，一张脸浮现出来。

好几个原本看似互不相干的零散琐碎的片断翻滚着卷起旋涡，

很快就被聚合成一个假设。

内海再次在脑海中检查起乘客名单,发现了那个奇妙的吻合点,终于确信。

深深地吸了口气,他噘起唇,吹出声响亮的口哨。

"喂!你干什么……"

站在身旁的英国士官吃惊地回过头来。内海毫不在意地提高了声音:

"来吧,弗拉迭!到这儿来!"①

下一个瞬间,从暗处出现了一个乌黑的身影,笔直地朝向内海飞扑过来。

11

"这是您的狗吧?"

内海坐在聊天室的一角,膝盖上抱着一团黑色,问道。

被提问的对象是坐在斜对面座位上的一位年轻的金发女子,身材娇小,皮肤白皙,淡蓝色的眼眸让人联想起北国的天空。她的臂弯里抱着一个小孩。

根据乘客名单,她的名字是辛西娅·格莱恩。手中抱着的,是两岁的女儿艾玛。

内海记在脑中的朱鹭丸乘客名单的备注栏里,还记着一条信息。

膝盖上的那团黑色伸展起来,内海的面颊上传来一阵温热。

"不可以,弗拉迭。坐好!"

---

① 根据剧情,此处应为英语"Come on! Frate! Come here!"。

手指抵在鼻尖上下了指示，**全身黑毛的小猎犬立刻跳到地板上**，伏低身体，乖乖地坐在脚下不动了。

弗拉迭（小猎犬，黑色）

乘客要带上船的宠物全部都需要登记。高十英寸、重十七磅的小型犬。这个在意大利语中表示"修道士"的奇怪名字，是把它那全身的黑毛比作修道士的斗篷而命名的吧。

内海从口袋里取出手帕擦了擦脸，再次转向辛西娅。

"关于这个，能请您给我解释一下吗？"

看到内海递过来的东西，辛西娅的眼睛瞪大了。手帕下面变戏法一般冒出来的是一张照片。之前抱起弗拉迭、让它舔舐自己脸颊的时候，内海从小狗的项圈里抽出了对折放在里面的照片。

照片上，两个男人友好地并肩而立。

穿一身合衬的白色水手服、个子高高相貌英俊的年轻男人不知道是谁。但，和他并肩的展露着笑颜的五十岁上下的男人是——

路易斯·麦克劳德。

在这艘船上被毒死的英国秘密谍报机关的间谍。

是在整形改变了面容之前拍的照片，可是耳朵的形状清晰地拍了下来。要确定相同之处并不是太有难度。

"能让我看下您的手吗？"

对于内海的请求，辛西娅犹豫了一瞬。最终放弃般地摇摇头，如同允许骑士亲吻的贵妇人那样，向内海伸出了左手。

"失礼了。"内海碰到辛西娅的手，将手心翻过来。

确认她的指尖。

辛西娅的五指纤细，指尖上都涂了像是透明指甲油的东西。这样一来就算碰到了杯子，也只会留下碰触的痕迹，但不会沾上指纹。可是——

讽刺的是，正是这为了不留下指纹而花工夫的五根手指，成了间接证明她就是凶手的证据。那个时候待在一等舱甲板上的人里，除了用指甲油涂覆在指纹上的她以外，再没有其他人能碰到杯子而不留下指纹。

——不出所料……吗？

不知怎么，对于自己的推测是正确的这件事，内海反而感觉到了沮丧。

产生疑念，是在甲板上听到她的声音的那个瞬间。

根据英国方面的要求，一等舱的乘客全部被集中在甲板上。在客人自愿接受的对随身物品进行检查的过程中，听到了原大副向某个人说话的声音。接着，是应答的女声。

那个声音，内海是有印象的。

在德国的 U 型潜艇——其实是抹香鲸——黑黝黝的影子出现在海面上的时候，包括内海在内，几乎所有的一等舱乘客都聚集到了甲板上，屏息注视着开始朝向朱鹭丸笔直进发的黑影。从旧金山港一出航就遭遇了严重的暴风雨，乘客们大多一直都闷在房间里。一等舱的乘客全员露脸，那时大概是第一次吧。

"不行！停！……别过来！"

高亢尖锐的，响彻了甲板的女声。

使得内海飞奔过去查看究竟的那声惊叫的主人，就是辛西娅·格莱恩。

谁都以为那是看到沿着海面袭来的 U 型潜艇而发出的惊叫。可是，如果她那句话是朝着别的对象而发的呢……

内海的目光投向蹲坐在脚下的弗拉迭。

它轻轻地摇着尾巴，黑黑的圆溜溜的眼睛向上望着自己。

"不行！停！……别过来！"

那些话是对着从暗处跳出来准备跑来身边的弗拉迭做出的指示。

骚乱过后，辛西娅简直好像大白天见了鬼一样地苍白着脸，看上去马上就要昏倒。原大副上前跟她说话，接过了小孩，然后揽着她的肩膀送她回了房间。

曾经亲历过 U 型潜艇袭击的人的情景闪回。

当时，内海是这么以为的。可是，由于麦克劳德的被毒杀，这件事产生了其他的可能性。

即——会不会是她在朱鹭丸的甲板上发现了自己想要杀掉的对象，麦克劳德，所以才会激动到那种程度？

在找到了登记在乘客名册上那个奇妙的吻合点的瞬间，内海确信了。

"三个头"和"黑色的狗"。

辛西娅，正是麦克劳德所恐惧的杀手"刻耳柏洛斯"。她看穿了麦克劳德完美的乔装，杀死了他。但是——

内海皱起眉。

不能理解。

坐在眼前的年轻女子，无论怎么看都不像是职业间谍。她究竟为什么要追踪英国秘密谍报机关的密码专家麦克劳德，然后一定要杀了他……

吹响口哨招呼弗拉迭过来的时候,正和原大副交谈的辛西娅瞬间面色苍白。但立刻就听天由命了似的,分开人群走近内海。

"是我在杯子里下了毒。杀掉麦克劳德的是我。"

怀抱着小孩的年轻女性突然出来自首,从旁边站着的英国士官为首,周围的人全都愣住了。关键是——

麦克劳德?被毒死的不是杰弗瑞·摩根吗?

不去理会周围人的困惑,内海若无其事地护送着辛西娅,引她走进一等舱聊天室。之前从暗处跳出来的弗拉迭被他抱在怀里。

在房间角落里坐下来的辛西娅对汤浅船长和英国指挥官请求道:"我想和这位先生单独说会儿话。"面对着年轻女性认真的神情,两艘船的负责人对视了一眼,最终耸耸肩同意了。

他们此刻正聚集在聊天室的另外一边,窥伺着这边的情况。

"为什么你知道那是他?"内海的脸靠近辛西娅,以旁人听不到的音量小声询问,"麦克劳德改变了外貌,可你竟然也认出了是他。没想过可能是认错人吗?"

"我一眼就认出来了啊。"辛西娅依然面色苍白,斩钉截铁地说道,"我每天都瞪大了眼睛看着那张照片的。我听说过麦克劳德变了外貌。但就算他改变了长相,耳朵的形状也不会变,所以我一直都很注意留心地看着。"

也就是说,一眼识破了麦克劳德的乔装的,果然不是内海一个人。

"为什么不把照片扔掉?"提这个问题纯粹是出于好奇,"您已经实现了目标。只要把拍摄了目标人物的这张照片扔进海里,就再也没有任何物证了。机会应该多得是吧。"

辛西娅没有立刻回答问题,只是静静地正面注视着内海问:

"您的名字是?"

"内海。我叫内海脩。"

"日本人？"

"是，日本人。大致算是吧。"内海不由得苦笑着回答道。

"这张照片……我没有办法扔掉它。"辛西娅轻轻地摇头，嘴角浮起笑容，说道，"这是雷蒙德拍得最英俊的一张照片。就算是和最可恨的仇人拍在一起，我也无法丢掉它。"

辛西娅说着，指向照片上个子高高的身穿合衬水手服的年轻人。"他是我的丈夫，这孩子的父亲……跟您有点儿像。"

"跟我？"

内海感到意外，眨了眨眼。辛西娅轻轻颔首，目光再次落到照片上。

"这个男人，"她的指尖点在并肩站立的麦克劳德脸上，"这个男人是英国秘密谍报机关的间谍。他杀死了我心爱的雷蒙德。这个男人，夺走了我的丈夫，和这个孩子的父亲。杀死他，是为我的丈夫报仇。我不后悔。"

看着辛西娅斩钉截铁说话的样子，内海点了点头。

麦克劳德，就从他用刀子的情况来看，也跟外行人没区别。说是英国秘密谍报机关的间谍，始终只是个密码专家。他杀死了辛西娅的丈夫雷蒙德·格莱恩？

两个事实无法在脑海中顺利地拼接起来。

不，说到底，辛西娅为什么会知道麦克劳德是英国秘密谍报机关的间谍？

内海摇头，叹了口气。

没办法。已经决定了**无论付出怎样的牺牲都要解开谜题**。

内海决然地抬起头，毫不躲闪直视着辛西娅的眼睛，问道："在您丈夫的身上发生了什么,然后,您又是怎么知道真相的,可以告诉我吗?"

辛西娅和刚才一样,正面静静地凝视着内海,忽然间好像明白了什么,微微一笑。

12

我的丈夫雷蒙德·格莱恩是英国货船达鲁莫尔号的大副。我不知道他和路易斯·麦克劳德这个人是什么时候认识的。麦克劳德接近我的丈夫,赢得了他作为朋友的信任。可是之后,他却背叛了雷蒙德的信任,为了他的作战计划牺牲了我的丈夫。

大概距今半年以前,我接到消息,丈夫所在的货船达鲁莫尔号在大西洋上遭遇了德国的伪装巡洋舰,受到攻击之后沉没了。

船在最近的距离上受到德国伪装巡洋舰的炮击,严重损毁。船体爆炸起火,船上的人全部死亡。这是我听到的消息。

得到消息以后我哭了。可是,我们的祖国正在经历战争。丈夫是在英国的船上,很好地完成了自己的任务,然后不幸遭遇敌舰而死去。我这样说给自己听着,努力地支撑着自己。

直到后来,在达鲁莫尔号的集体葬礼上,我知道了那些都是谎言。

在一片忙乱的葬礼现场,我眼睛只离开了一下,艾玛就不见了。

我在会场里到处找,然后在一个小房间里,掀起盖在桌上的布帘往桌子下面看,发现艾玛在那里跟弗拉迭一起呼呼大睡着。

我安下心来,自己也钻到桌子下面去,想要轻轻地把艾玛抱出来。

就在这个时候,我听到有人走进了小屋。我立刻抱着艾玛和弗拉迭,屏住了呼吸。

走进房间的,一个是身穿英国海军制服的年轻人,还有一个是作为丈夫的朋友前来参加葬礼的麦克劳德。

穿海军制服的年轻人好像情绪极其愤怒。

"不管怎么说这样的计划是不可原谅的!竟然用普通百姓做诱饵……你们这些秘密谍报机关的人都是没有良心的吗!为了破译密码就付出这样的牺牲,到底是怎么想的!"

年轻人连珠炮似的质问,麦克劳德却是支支吾吾地搪塞。那些专业的、详细的内容,我都听不懂。可是,躲在桌子下面听着那些断断续续传到耳中的话语,我终于听明白了一个可怕的事实。

英国货船达鲁莫尔号并不是偶然遭遇德国的伪装巡洋舰的。达鲁莫尔的航线,预先让德国人知道了。说是利用了双面间谍,故意把情报泄露给了德国方面。

我完全蒙住了,不知道到底发生了什么事。为什么英国秘密谍报机关非得把情报传递给德国,故意安排让达鲁莫尔遭到攻击?

我的脑子一片混乱,整个人陷入恐慌,可是耳朵里却听到麦克劳德自信满满的声音。

"这是为了破译恩尼格码而采取的必要策略。"

那个瞬间,我觉得好像被人狠狠敲了头。这个男人装出朋友的样子来接近雷蒙德,都是为了那个什么策略。我最深爱的丈夫……不,不止是我的丈夫。和达鲁莫尔一起沉没的二十名船员,都是被麦克劳德为了那个什么策略而杀掉的!

我只能死死地捂住自己的嘴,勉强不让自己尖叫出声。

清醒过来才发现,不知什么时候那两个男人已经不在房间里了。我双手抱着艾玛和弗拉达从桌子下面爬出来,托一个女友帮我照看艾玛,然后走到了大街上,向战争开始之前德国大使馆所在的那个地方走去。在那座建筑面前不知道站了多长时间呢。回过神来的时候，有个陌生人在跟我搭话。我把所有事情都告诉了那个人。然后说，我不会原谅麦克劳德，若是能亲手杀了那个男人，什么事我都会做。对方好像挺吃惊的，但是他看着我的眼睛，知道我是认真的，于是就把我介绍给了某个人。

就这样我做了德国的间谍。作为德国间谍，我观察着麦克劳德，寻觅着杀死他的机会。处理毒药的方法，还有消去指纹的方法，都是他们教我的。麦克劳德突然从英国消失的时候我很惊慌。但是德国的谍报机关很快就告诉我，麦克劳德改变了容貌，像是打算去日本。

我不会让他逃掉。不管他怎么改变容貌，我都有自信肯定可以认出他。然后我就乘上了船，找到了乔装过的麦克劳德。

上天是站在我这边的呢，麦克劳德留下喝了一半的饮料就离开了座位。我照他们教我的那样，用甲油盖住指纹，把毒药放进了杯子。

我没有看到麦克劳德死去的情形。若是可能的话，我希望他死得无比痛苦……

——愚蠢的家伙……

听着辛西娅的讲述，内海皱起了眉头。

他指的不是辛西娅，而是麦克劳德。

这么说起来，麦克劳德在做填字游戏的时候曾经说过这样的话。

"假设，是**假设**哦，有一篇已经预先知道其内容的文章。若是能拿到和这篇文章内容一样的恩尼格码密码电文，**通过对两者的对照就可以得到解码的线索。**"

预先知道其内容的文章。

比如，英国海军的绝密作战指令。

常年培养积累起来的密码破译手法随着恩尼格码的登场全都白费了。明白这一点的麦克劳德焦虑不已，使出了各种各样的蛮干做法……

内海被结城中校召来，接受了任务以后，顺便调查了一下那些像是麦克劳德擅作主张采取的行动。

在《每日电讯报》上刊登填字游戏什么的，真的只是骗小孩的玩意儿。

麦克劳德所实施的规模最大同时也最草率的计划，是以"园艺"这个乍看悠闲宁静的词汇作为代号的行动。

他把一只装有秘密资料的公文包交由民间货船运送，资料中还包括英国海军的绝密作战计划；同时又透过双面间谍，暗暗地把这个信息透露给德国。对于一心筹划着在海上占据完全压制优势的德国来说，这是他们极度渴求的情报。不出所料，德国海军在货船的航路上秘密派出了伪装巡洋舰。他们攻击了非武装的民间货船，强行夺取了装有秘密情报的公文包，同时又为了湮灭证据，爆破了货船使之沉没。如果作战指挥文件被夺取的事实为人所知，恐怕英国海军会改变作战计划。为了让外界认为文件只是丢失而不是被抢走，整艘船连同所有船员都被沉入了大海。

那以后，德军使用恩尼格码密码把强行夺来的英国海军作战指挥文件的内容发报给了友军。英国监听了他们的发报，将原本记录的作战内容与恩尼格码密码电文对照，以之作为破译的线索——

种瓜得瓜，种豆得豆。

麦克劳德将这个计划命名为"园艺"。

内海查出了这个计划的概要，愕然摇头。

完全就是尔虞我诈啊。

可是为了这个计划，让那些完全被蒙在鼓里的船员成了牺牲品，这也是事实。

一口气讲完了事情原委的辛西娅好像终于放下了长期压在肩上的重担，脸上是松了一口气的表情。

作为德国间谍不断背叛着祖国，这样的行为对她来说应该也不容易。

可是，她在葬礼现场偷听到的那些信息，就算是公之于众，结局也只是被置之不理。就算是那位在葬礼现场激于义愤而质疑麦克劳德的英国水兵，由于担心被追究泄露国家机密的责任，在公开场合也绝对不会承认吧。

所以，辛西娅才横下了心与祖国为敌。她加入了德国的秘密谍报组织，接受了作为间谍的训练。可是——

终究是外行人的临阵磨枪。遇到突发状况，就随机应变灵活改变做法，这种事情辛西娅是做不到的。

——我照他们教我的那样，用甲油盖住指纹，把毒药放进了杯子。

讽刺的是，正是按照教科书进行的这种隐藏犯罪行为的方法，证明了她就是凶手这一事实。

不止如此。

——不行！停！……别过来！

是这句指令引起了内海的怀疑。

恐怕德国秘密谍报组织给了辛西娅两个指示吧。

一是每天仔细辨认目标人物麦克劳德的照片（"就算外貌改变耳朵的形状也不会变，所以要用心观察"）。

再一个就是，为了不让目标察觉，要把照片藏在一个谁都不会发现的地方。

两个很可能发生抵触的指示，辛西娅却都忠实地遵循了——**她把照片藏在了弗拉迭的项圈下面。**

辛西娅在朱鹭丸的甲板上，看到了刻骨憎恨的仇人麦克劳德。她同时也注意到了要从暗处飞扑出来的弗拉迭，于是不由得大声发出指令。要它别过来。

冷静想想的话，麦克劳德不可能会注意到藏在弗拉迭项圈里的照片。可是，在每天都要观察照片的辛西娅的眼中，也只有在她眼中，那照片是清清楚楚摆在那里的。她很害怕，目标人物会不会注意到照片的存在呢。所以，才会不由自主地朝着弗拉迭大喊起来……

内海摇摇头。

若是自己，或是 D 机关的人，看过一眼之后，就不再需要照片了。对间谍来说，要经常有意识地去揣摩目标人物眼中的世界，这是理所当然的功课。所以，什么误以为对方能看到本该不可能看到的东西，这种错误原本就不可能发生。

太勉强了。对外行来说，要做间谍确实是太难了。

对出卖并且杀害了自己丈夫的英国秘密谍报机关的报复。

仅仅是这个念头驱使着辛西娅。而在已经杀死了始作俑者麦克劳德的如今，支持她的东西，恐怕——

"艾玛，我的女儿就拜托给您了。"

辛西娅的脸贴着抱在手中的孩子，说道。

——我会负责。

没有出声，单单以口型来回答。

"还有，这小家伙也是。"

辛西娅说着，目光转向脚下的弗拉迭。

内海微笑着点头，脸朝向艾玛："过来，跟叔叔去那边玩儿好不好？"

他伸出手去，一直被母亲紧紧抱着、怯生生打量着四周情形的艾玛第一次露出了笑脸。

内海从辛西娅的手中接过艾玛，再一次沉默地颔首。

站起身，给了个信号，弗拉迭摇着尾巴跟上了他。

如同和内海轮班一样，英国指挥官带着几名部下围住了辛西娅。

他们听到了一部分的对话吧。所有人都严肃地板着脸。

即便是自称绅士国度的英国，要是面对着杀死了本国间谍的人，也不可能会有绅士的态度。

现在开始，对辛西娅的讯问会极度残酷。

——不，不会那样的。

内海抱着艾玛打开聊天室的门，走到了甲板上。

他无视背后传来的混乱气息，横穿过甲板，向着大海走去。

刚才，辛西娅正面静静地凝视着内海，忽然间微微一笑。就好像从长时间低垂笼罩的厚厚的云层中间，有久违了的微弱阳光照射出来。

那个瞬间，辛西娅明白了。

内海打算对解开的谜题承担起责任。

对于死去的麦克劳德而言，解谜不过是单纯的智力游戏。在他看来，刊载在报纸一角的填字游戏也好，德军的新密码恩尼格码也好，全都是一样的跟自己毫不相干的东西。所以他才会为了破译密码而制订"园艺"这种草率计划，并且实施。为了解开谜题，对于牺牲货船及船上的全部人员，他没有丝毫的犹豫。

但是，无须例举解开了斯芬克斯之谜的俄狄甫斯的命运，解谜原本就不是仅仅解开了谜语就意味着完结。被解开的谜题，会在解谜者的眼前摆出相应的责任。

"谜解开了，那么，你打算怎么做？"

那是与谜题对抗的人被赐予的祝福，被施加的诅咒。内海是在D机关学到了这件事。

辛西娅在那个时候，明白了眼前的这个日本年轻人已经打算**无论付出怎样的牺牲**都要解开谜题。她明白了他会对解开的谜题承担起责任。

所以，她把一切都告诉了内海。

为了把爱女和爱犬托付给他……

德国的谍报机关给所有工作人员都配发了速效毒药。

辛西娅已经不在这个世界上了。

内海臂弯里抱着辛西娅托付给他的小女孩，对着南国炫目的阳光眯起了眼睛。

——哎呀哎呀，我今后到底要打算怎么办啊。

在迄今为止的人生里，原本是打算把横亘于眼前的谜题全部解开的。可是，唯有刚才与那个初次见面素不相识的女子瞬间交换的承诺，还有竟然交换了那种承诺的自己，看来今后也只能作为无法解开的谜题一路相伴下去了啊……

目光转向紧紧搂着自己脖子的艾玛。

与母亲很相像的蓝色的眼睛睁得大大的，看样子已经完全被船身周围跳跃不停的一群海豚给迷住了。

感觉脚下碰到了什么东西，目光转过去，弗拉迭正拼命地摇着尾巴，黑黝黝的眼珠仰视着自己。

"是哦，还有你也一起啊。"

内海苦笑着低语，把脑海中浮现出来的结城中校的面孔驱赶到了巨大的积雨云的远方。

"……夏威夷……吗。"

也许是教养孩子的好地方呢。

"唔，总是会有办法的吧。"

为了不让艾玛听到背后逐渐变响的嘈杂，内海噘起唇，开始以口哨大声地吹起了《谜的变奏曲》。

鸣谢

执笔《失乐园》一书之际,得到了常驻莱佛士酒店的历史专家莱斯利·丹克(Leslie Danker)先生的帮助。谨此致以谢忱。

PARADISE LOST
© Koji YANAGI 2012
Cover illustration by Yoshinatsu MORI
Edited by KADOKAWA SHOTEN
First published in Japan in 2012 by KADOKAWA CORPORATION, Tokyo
Chinese translation rights arranged with KADOKAWA CORPORATION, Tokyo
through JAPAN UNI AGENCY, INC., Tokyo

图书在版编目（CIP）数据

代号D机关．第3部／（日）柳广司著；夏木译．－－北京：新星出版社，2015.3
（2020.6重印）

ISBN 978-7-5133-1753-5

Ⅰ．①代… Ⅱ．①柳… ②夏… Ⅲ．①间谍小说－小说集－日本－现代 Ⅳ．①I313.45

中国版本图书馆CIP数据核字（2015）第036529号

午夜文库
谢刚 主持

代号D机关 第三部

[日]柳广司 著；夏木 译

责任编辑：王　萌
责任印制：李珊珊
封面绘图：森美夏
装帧设计：broussaille私制

出版发行：新星出版社
出 版 人：马汝军
社　　址：北京市西城区车公庄大街丙3号楼　　100044
网　　址：www.newstarpress.com
电　　话：010-88310888
传　　真：010-65270449
法律顾问：北京市岳成律师事务所

读者服务：010-88310811　　service@newstarpress.com
邮购地址：北京市西城区车公庄大街丙3号楼　　100044

印　　刷：北京美图印务有限公司
开　　本：910mm×1230mm　　1/32
印　　张：6.75
字　　数：157千字
版　　次：2015年3月第一版　　2020年6月第三次印刷
书　　号：ISBN 978-7-5133-1753-5
定　　价：32.00元

版权专有，侵权必究；如有质量问题，请与印刷厂联系调换。